愿你被自己所爱，被岁月厚待

沈诺夕　主编

化学工业出版社
·北京·

你若坚持盛开，谁都没有能力阻挡。纵然人生之旅崎岖坎坷，也要演绎自己的风华绝代，展示生命的多姿多彩。

每一段经过，如三两行诗，悲伤或欢喜，都给岁月留下痕迹。好在时光清浅，却自有力量，能安抚所有的不快乐，与过去和解，对世界温柔。

无论走到生命的哪一个阶段，都该喜欢那一阶段的时光，完成那一阶段该完成的职责，顺生而行，不沉迷过去，不狂热地期待着未来，这样就好。

preface

前　言

你正处在“一个不够”的时代：一部手机不够、一份薪水不够、一辆车子不够、一栋房子不够……

每个人长大以后，肩膀上都背负着庞大的未来，都在为一种不确定的幸福拼搏着。

为了谋求幸福，你一路狂奔，最后却发现早已迷失了方向。每天疲于奔命，像上了发条的机器，却常常忘了问自己：幸福吗？快乐吗？累了吗？值得吗？

所有的抑郁都是因为不能活出理想中的自我。理想与现实的误差，就像夹起来以为是块肉，咬下去才发现原来是块姜。

不过，你仍要相信，这是糟糕的时候，同时也是美好的时候。过不去的往往不是坎，而是你心中的执迷。

奥斯特洛夫斯基说过，我们的生活方式有两种，一种是燃烧，一种是腐朽，而要选择哪一种生活，关键是在于自己。

没有谁的成功是一蹴而就的，你受的委屈，摔的伤痕，背的冷眼，别人都有过，他们身上有光，是因为扛下了黑暗。

宁可让自己因事情发生了而后悔，也不要后悔一切只停留在空想中；宁可让自己因知道明白了而后悔，也不要后悔自己只能盼望；宁可让自己因有所为而后悔，也不要后悔着自己一再犹豫却步；宁可让自己因一场真实的人生体验而后悔，也不要让自己病态地揣测着事情的种种可能。

生活给了一个人多少磨难，日后必会还给他多少幸运，为梦想颠簸的人有很多，不差你一个，但如果坚持到最后，你就是胜者。

你也曾质疑过梦想本身，质疑过自己的能力，质疑过这世界与生俱来的不公平，可沮丧到最后，你还是觉得不甘心。

勇气并不是因恐惧缺席，而是能让人明白生活中有比恐惧更重要的东西。勇敢的人或许无法长生不死，但处处谨小慎微的人却从来没有真正活过。

你只有一路跋涉，历经艰难和险阻，承受挫折和磨砺，尝遍欢笑与泪水，才能最终找到自己真正想要什么，这才是活着的意义。

不必期望人人都能读懂你，要知道，你只是行走在世界的路上，而世界却给了你很多的可能性。所以为什么不再勇敢一次看看？

别人都不知道你在做什么的时候，只要你做成了，别人都会觉得你厉害；如果你做失败了，那也没关系，至少你没有遗憾了。很多时候，事情不在成败，而取决于你有没有去做。做成一件事情的意义，是你完成了它，而不是获得别人的认同。

你不必逼着自己去做违背你天性的那种人，强大固然是好，但脆弱和柔软也没有什么过错。一个人不用活得像一支队伍，一个人只要活得有尊严、有追求、有梦想，有软弱和颓废的时候又何妨?

好的人生，该是饱含各种体验的。有所爱，有所怕，有繁华，有清寂，有大开大合，有小情小调，有拿得出手的实力，也有深藏心底的柔软，有义无反顾的冲刺，也有无欲无求的停留。

无论你的选择是出于热爱还是无奈，前行的动力是因为面前的阳光还是背后的深渊，都要记得珍惜人生难得的几次一往无前。

从现在起，按照自己喜欢的方式努力生活，无须后悔。这一路你坚持着自己的选择，即使受伤，即使路远，只要自己懂得为什么，无论成功与否，至少也对自己的人生有个交代。

相信未来收获时，你会笑着说，我就是一直喜欢这样的自己，我配得上更好的生活。

contents

目　录

第一章　一个人的行走范围，就是他的世界

为什么要旅行？不走向这个无限大的世界，怎能知道自己曾经的害怕、伤心、失望，其实才那么丁点儿大。无须在意他人的精彩，只走自己喜欢的路，也有一样的喜悦。真正旅行的人，是在生活中旅行的人；真正生活的人，是在旅行中生活的人。但最要紧的是，你要找到自己的生活。

第二章

正是这一段段苦熬的岁月，才能让未来更清晰

每个人都会有自暴自弃的时候，觉得什么事都完了，看不到未来，一点儿希望也没有。但其实最后都挺过来了，没有诀窍，没有解药，唯一的办法就是苦熬。正是这一段段苦熬的岁月，才能让未来更清晰，希望更多，心更坚强。苦熬为你穿上一身盔甲，让未来的你什么都不怕。

第三章

请你温暖，无论世界多冷漠

原谅世界是有效的成长方式。不是说让你忘记所有的不公，成为一个麻木的人，而是要学会站在客观角度看待自己和世界，从而缓解你所感觉到的不幸。只有你选择相信世界，才能原谅世界，这样，你前进的方向就会少了很多阻力。

第四章

你必须进入别人的世界，才能找到通向自我的路

我们终其一生，就是要摆脱别人的期待，找到真正的自己。过分看重别人的评价会让你迷失自我，仅仅是活出了别人帮你定义的人生。为了讨好别人，踮着脚尖改来改去，却被别人绑架了人生。一路走下来才明白，真正的魅力不是你应该变成谁，而是你本身是谁。

第五章

每个人闪闪发光之前，都会在黑暗中蛰伏很久

年轻，蕴含的能量总是巨大的，哪怕生活带给你再多负能量，最终也难敌那些傻乎乎的朝气蓬勃，迎来振奋收场——因为你还有很长的以后。别试图强迫自己，总该有一段日子是用来浪费的，总要有无能为力的不愉快，让你短暂停留，在今后闪闪发光的时候让你怀念。

第六章

有些事只能自己一个人完成

每个遵从内心生活的人，回首过往时都会觉得，成长是一个非常孤独的过程，有时是因为自己一意孤行，有时是因为没有陪伴……这些事根本不算什么，甚至连你自己也容易忘记，但其实每件事都像一次渗入，慢慢将你变成现在的模样。也只有当你明白人生路只能独行时，才会有成全自己的勇气。

第七章

所有的经历和负担，都会变成生命的礼物

你勇敢，世界就会给你、让你；你无惧，命运就会为你屈服。你可以选择停滞不前，也可以选择自我改变；可以选择安逸享乐，也可以选择在奋斗中精彩绽放。过去的你今天的你都不重要，重要的是未来要成为怎样的人，决定命运的是你自己。所有的负担都会变成礼物，所受的苦都能照亮你未来迷茫的路。

所有的人在青春的河流里一样摸着石头过，自卑过也自负过，拼命过也畏惧过，而在长大的过程中，没有谁会告诉你关于未来的正确答案。

>>> 第一章

一个人的行走范围，就是他的世界

为什么要旅行？

不走向这个无限大的世界，

怎能知道自己曾经的害怕、伤心、失望，

其实才那么丁点儿大。

无须在意他人的精彩，

只走自己喜欢的路，也有一样的喜悦。

真正旅行的人，是在生活中旅行的人；

真正生活的人，是在旅行中生活的人。

但最要紧的是，你要找到自己的生活。

>>>

有心愿，就该早出发

我每天都在告诫自己要好好学习，绝不能分心玩手机；每天都想着要存钱买想要的东西；每天都在嘟囔着必须减肥，要么瘦、要么死……我每天都想着以后要怎样怎样，憧憬得很完美，最后却发现自己没一个能真正做到或实施行动，我恨不得一巴掌就这样拍死自己。

>>>

亲爱的自己，
你总把梦想留在未来，
旅行留在下次，
想做的事情留在以后，
然后在本该是未来的那个时间点，
你突然被“没时间”打败了。

所说的未来只是变成了说说而已，
所有的借口不过是你给拖延和懒惰找的理由。

哪里有浪费时间这回事，
你只能浪费自己。
哪有那么多未来等着你，
你只有现在。

大部分人，毫不掩饰对旅行、流浪、去远方、在路上的生活状态的羡慕和向往，纷纷表示人生能如此洒脱地走一遭就无遗憾。

然而，其中又有大部分人说了，现在走不了。遥远的梦想不现实，乌托邦，没有钱，英语不好，不工作没收入怎么旅行……诸多的理由。

绝大部分人只是说说而已，永远都不会付诸行动，而青春就在这一个又一个理由中逝去了。

关于想学一门专业却没学成的人，他们也会有许多理由：没时间，上班累，工作压力大，没心情看厚书，最近在准备别的考试……所以他们永远都学不上，永远只停留在“想学”的阶段。

想做的事情，就要真的去做，只停留在脑海里一切都是空的。即使结果和预想不同，也不会后悔自己为之付出的努力。

一次次向着梦想前进并为之努力的过程，看起来仿佛在云端一般遥不可及的事情，做起来会变得并非那么遥不可及。

梦想，其实就在触手可及的地方，关键在于你是否尝试过向它伸手。

想去旅行吗？想背着包去远方流浪吗？想环游中国、环游世界吗？相信大部分人都会一脸憧憬地说“想”的。但是真正做到的人，寥寥无几。

这件事最难的部分，不是钱，不是英语，而是是否具有这份勇气。正如有位旅者说的，当你决定要出发时，旅行中最困难的部分已经结束。

面对自己越发强烈的出发愿望，你总是质疑原先的计划：是否要等到来年再出发？是否有必要等到条件成熟再前行？到了那年，又是否能够按照自己的预想成行呢？届时会不会又出现一些未曾预想到的事情阻碍成行？

事实上，很多事情，规划做得太长，意义并不大。一件事一旦被拖延下去，就会变成一句慨叹：“最后，你哪儿都没有去。”

你应该担心的是，即使是有着高行动力的自己，面对着繁杂的俗世，是否还能将现在这份梦想保持下去。

在来年到来之前，自己的梦想会不会被现实消磨光呢？又或者说，待到一年又一年之后，自己还能如今天这般可以抛下一切坚定地迈出这一步吗？

一旦，任何一点儿“意外”出现，比如爱情的突然降临，比如好的“跳槽”机会突至，比如家庭出现意想不到的变故……使得某年未能成行，那么下一次成行会是何时？

当你在人生这场游戏中逐渐拥有了更多筹码，欲望也随之膨胀之后，你是否还有今天的勇气放下一切去远行呢？

突然发现，告诉自己现在因为钱和工作而不能出发，待到来年才能出发，其实与那些徒表羡慕之情却给自己诸多理由而毫无行动的人们，不是一样的吗？最后，哪儿都没有去。

有心愿，就该早出发。（梓魂）

>>>

一个人的行走范围，就是他的世界

我常常浪费今天，却不曾想到，这是许多人奢望的明天；我也厌恶现在，却不曾想到，这是未来的我回不去的曾经。人生最可悲的事情，莫过于胸怀大志，却又虚度光阴。当我在荒废时间时，却有那么多人在拼命。

>>>

亲爱的自己，
如果你的眼中有对梦想的渴望，
那么你还活着；
如果你的眼中有期望，
那么你还活着。

不管多险峻的高山，
总会给勇敢的人留下一条攀登的路。
只要你肯迈步，
路就会在你脚下延伸。

学着像风那样自由地生活，
像大海的波浪般流动。
张开双臂拥抱每个时刻，
你总会收获一份问候。

我们诞生于这个世界，便预示着承受痛苦磨难，承受开心或不幸。每个人都要走过平坦或弯曲之路，有的人在风雨中匍匐，有的人在风雨中叹息，有的人却执著地前行。

生命应该像花一样，即使没有认同，被别人忽视，也要绽放；即使风雨吹弯了身躯，颓然地倒在地上，只要见到阳光，就要积极地扎根，挺直脊梁，茁壮成长。

你若坚持盛开，谁都没有能力阻挡。纵然人生之旅崎岖坎坷，也要演绎着自己的风华绝代，展示着生命的多姿多彩。

在生活里游弋，就是从琐碎里脱颖而出的光明。当心情压抑的时候，就暂时缓缓，换种姿态生活，适当改变，日子是你的，你可以在自己的领域里放松自我。

美好的日子给你带来快乐，阴暗的日子给你带来经验，不要对生命中的任何一天怀有遗憾。琐事只是生命长歌当中惯常的小插曲，一颗诗意缱绻的心总要苏醒的。

总在不断经历旅途的各种风景，总想过自己想要的生活，那么就用坚强的心去面对前路的茫然失措。在旅途中不断感受、磨炼，寻找心底生命的意义。

生活是一半清醒一半梦幻，一半忧伤一半开朗。生命是一次行走，是一场无法后退的路，漫漫的路途，只能一路向前，或悲或喜，或苦或乐。身处喧嚣，坦然做人，淡然行事，不要为了任何人或事委屈自己，卑微不是你该有的。

坚强应是心中常驻的一个伴侣，把阳光留在灿烂的笑容里，许多困惑、痛苦的事情就会淡化很多。不管好坏，都是生活给予的洗礼，继续好好生活，不辜负每一个正在度过的日子。

一路走来，留下脚印一串串，或深或浅，或直或曲。但不变的是梦想，是执著的信念，伴随着坚强的脚步，走向属于自己的海阔天空。这样的人生，即使没有鲜花，没有掌声，也真实无悔。

你热恋的岁月，它是鲜艳的色彩。如果生活没有一条笔直的大道，那就留给自己一条可以看风景的小径。甜的、苦的、美的经历，你都不愿失去。

每个人的心里都有一个不想丢失的渴望，因此才会相信生活中的许多繁杂都会成为信念的支撑而坚持不懈地努力。

亚里士多德说：“生命的本质在于追求快乐，能令生命快乐的途径有两条——第一，发现使你快乐的时光，增加它；第二，发现使你不快乐的时光，减少它。”

让心境明媚起来，让心情快乐起来。感谢生命的馈赠，你没有任何理由不前行。

一个人无论是平凡还是显赫，人生赐予的五味都不会缺少。遇到烦心事，踮起脚尖把它晾晒在高处，让阳光蒸发了去；而美好的事则用相框装裱起来，挂在记忆的墙上，时不时看一眼，然后带着快乐的心继续好好生活。（感悟铭记）

>>>

不想被生活碾碎，就去战胜它

我每天都如坐针毡，陷入了卑微的旋涡不能自拔，时时感觉他人赤裸裸的目光如箭般随时准备朝我射来。每做一件事都思前想后，怕一旦出了差错，自己没有办法承担。躲在阴暗的角落，不想听见任何声音，不想见任何人，不想做任何事。

>>>

亲爱的自己，
你是很幸运的，
没有父祖的余荫，
没有一份家产来供你安居饱食，
做太老爷，
没有叔伯姑舅的提拔，
没有同乡同学的帮忙。

你进不能混入贪官污吏、土豪劣绅队中，
退而守为一个安分守己的小百姓亦不可。

所以没有大风大浪在阻挡你，
只是你为自己的逃避找借口。

不要害怕，抬起你的脚，慢慢往前走。前面不是万丈深渊，不是豺狼虎兽，更不是狂风暴雨。还记得你说过的梦想吗？因为自寻的烦恼，因为他人的嘲笑，因为临近的崩溃，已经快忘了吧？

因为他人的光芒把自己刺得千疮百孔，痛得不知所以；因为所有人的不理解而遭人嘲笑，心里忧愁苦闷。

因为事事不如意，你甚至怀疑自己是否该活在这个世界上；因为年岁渐长，而自己却两手空空，你又怨恨自己的庸碌无为……

总有一些东西碍手碍脚，梦想与现实总有一段无法跨越的鸿沟，你感叹世事如棋，自己终不是赢家。你是否已经学会面对挫折了？不是你战胜生活，便是生活将你碾碎。

生活总不能时时顺你意。它就像海里的浪花，时而给你漂亮的翻转，时而给你一个大冲撞，告诉你它并不好招惹。

命运不会像一支整装待发的军队随时准备出发，而是如一名三岁顽童，时而会哭，时而会笑，总是让你忙得团团转。

人也不是一条直线，每个人都不一样。茅盾说："应该有一点儿泼皮精神，什么都不怕一试，试得不对，什么都不怕丢开另来。"如果不去尝试，你就不会知道合适与否。

不要因一时的脆弱而悲观消极，人或多或少都有些缺陷。一个人缺少了自信，就容易对环境产生怀疑与戒备。做错了说明你还不够熟练，因此需要多练习。

总有一些人、一些事会成为你心里黑暗的地方，所以也得感谢，是这些事物给予你混淆，才使你学会看清。

因别人的一句话、一个眼神就灼伤自己，实在是太脆弱。自己把那些莫须有的罪名顶在头上，只能令自己太累，是时候学会放松心情好好地享受人生了。

把心里的负担放下，告诉自己怎样的生活才是你想要的，努力去追寻；不要再抱怨生活对你的不公，如果一路顺畅想必自己都觉得不安。比起那些身体有残缺的人，你已经是幸运的。

命运掌握在自己的手中，心境也取决于自己。别人有别人的思想，你有你的路要走，不必为别人的一言一行徒增烦恼。

与其感时伤逝，不如顺其自然，卸下一身伪装，简简单单地活着。日子没有变，仍旧是二十四小时；地球没有变，仍旧自转公转地忙碌。

如果你还在迷路，那仅仅是执迷不悟。抛开内心的杂念，让风穿过你的胸膛，洗涤你内心的空旷，淘干你的萎靡畏惧。

无论走到生命的哪一个阶段，都该喜欢那一段的时光，完成那一阶段该完成的职责，顺生而行，不沉迷过去，不狂热地期待未来，生命这样就好。

不管你正经历着怎样的挣扎与挑战，或许都只有一个选择：虽然痛苦，却依然要快乐，相信未来的美好，明日的朝阳仍旧精彩。（宋易轩）

>>>

别让未来的你，讨厌今天的自己

我有一种天生的惰性，总想着能够吃最少的苦，走最短的弯路，获得最大的收益。我满心承认常规生活的社会价值，也看到了它井然有序的幸福，但我的血液里却有一种强烈的愿望，渴望人生是更为狂放不羁的旅途。可是这种安详宁静的快乐总像一种让我惊惧不安的东西在默默潜伏着。

>>>

亲爱的自己，
曾经荒废的时光，没时间遗憾，
唯有追赶和改变。

要么对抗一场，
要么宽心大度彻底无畏。
有些事情，别人可以替你做，
但无法替你感受，
缺少了这一段心路历程，
你的精神田里总是一片荒芜。

别让明天的你，讨厌今天的自己，
所以，请为今天而努力，
用你的左右脚左右世界。

这个社会总是通过某些人、某些途径，告诉你什么是标准的生活。

如果你不相信这些标准，有些人就会用疑问和后果恐吓你，如果你不怕，他们就会用成功学和推心置腹的说教来剥夺你感知其他幸福的能力，说你不负责任、任性、逃避现实、游戏人生。

他们还会说你是自私的、孤立的和不正常的，每一个形容词的背后都是无意识的恐吓和排斥，直到让你学会如何自动接受他们的价值观，然后陷入深深的谴责或反省。

人生有很多道门，有些门是掩着的，你要走近推推；有些门是关上的，其实没有上锁，你要走近看看；有些门看似锁上了，其实锁一拉就开；有些门确实锁得很紧，但门的旁边还有门……不要仅凭远远观望，就作出臆断；不要还没行动，就告诉自己不行。

有活力的人生意味着要坚定地去为梦想冒险。这世上没有哪条路能让所有人幸福，更没有哪条路天生就是为谁准备的。

每走一条路，就一定有许多其他的路要走，而有的路永远都不会有人去走。这并不取决于选择了某条路，而是选择做一个怎样的自己。路有路的风景，人也应该有人的风光秀美。

人生下来就面对一场旅行，童年的天真烂漫、少年的反抗莽撞、成年的甘苦杂糅，如岁月的不可往返，最终都会消失在漫漫旅途，而一路的风景人事却烙印在心。

有多少艰辛和挫伤，就有多少美好铺陈在你面前，有激情飞扬，亦有困倦满怀，有挫败和无力，也有爱和勇气的鼓励。

你向往自由自在的生活，期待路上未知的美景，却也担心意外的风险。或许，你把世界想得过于复杂，总觉得准备不足，于是，心在路上，人在原地。

要知道，你想过普通的生活，就会遇到普通的挫折，你想过上最好的生活，就一定会遇上最强的伤害——这世界很公平，你想要最好，它就一定会给你最痛。

生命在于尝试，身体和灵魂总要有一个在路上。走出去，甘苦自当，不消极不抱怨，即使跌倒，也要腾空而起，一心一意去做自己想做的事，去走自己没有走过的路。

即使历尽挫折和艰辛，那也是无可替代的人生经历，没有什么完美不完美，尝过就好。

世间的一切坏，都是为那即将出现的美好所做的铺垫。稍作坚持，就会看到不一样的风景。任何时候，爱与勇气，犹如浩瀚星光映照在海面之上，无论身在何方，都会拥有发自内心的光。

总有一天，你能体会到：多数的梦想都不是用来实现的，只是挂在遥远夜空的一轮月亮。它只负责在黑暗中给你隐隐的光亮，并告诉你路在前方。它也会伴随着你对未来的迷茫和选择而有阴晴圆缺的变化。

所以，顺着光亮，往前走就好，无论前方是草原还是沙漠，都是风景，都是你会到达的远方。（佚名）

>>>

人生的幸运，是还来得及

我总是心里想的比实际做的多，在想象和猜测中浪费时间，我觉得我的人生永远都不会有任何亮点。沉溺在自己的内心世界有时候是会上瘾的，靠想象拥有了很多，等到实际做的时候却什么都得不到。简单地说，我有点儿顾影自怜。

>>>

亲爱的自己，
不是你太幼稚，
只是你未曾历尽沧桑，
而所谓的沧桑只不过是无泪有伤。

总有一对属于你的翅膀，
带领你搏击翱翔。

你会全力以赴，
你会坚持不懈。
即使身心交瘁，
如断腕般剧痛，
你依旧在寻找，
因为那是你生活的梦想。

小时候，你有各种各样的爱好，但是因为与学习无关，或者看上去前途渺茫，被父母或者社会舆论引导，没能坚持下来，现在长大了，也会为自己当初的选择而感到遗憾。

你想经历一次远行，不给自己遗憾，所以你选择追寻梦想。

一直以来，你都在把梦留给“有生之年”。

你说，有生之年一定要徒步穿越神农架；有生之年一定要和某个人在咖啡馆里悠闲地喝咖啡、聊天，然后讲起曾经对这个人的仰慕；有生之年也一定要挣很多钱。

你对自己说了那么多，也坚信着那么多。

有时候难免会有错觉，这到底是对梦的乐观，还是对当下的逃避。

我们从出生就接受了种种设定，读书，然后工作，何尝不是把自己捐献？完整地观看了一场葬礼，环顾周围，仿佛自己就站在墓地里，倒下，即是墓地。

到现在，也渐渐明白了自己不过是按部就班，与普通人的成长轨迹没有什么不同，或许是年少的时候总觉得自己和千万的人一定不一样。

但走着走着才懂得，所有的人在青春的河流里一样摸着石头地过，自卑过也自负过，拼命过也畏惧过，而在长大过程中，没有谁会告诉你关于未来的正确答案。

别人说的所谓经历和经验，有些人缴械投降、中规中矩；有些人不服气地抗争过、叛逆过，或头破血流，或修成正果。

你在钻牛角尖的路上有过放弃，有过懒散。或许常常行动力跟不上想法，也没有天亮就出发的那种果敢，或许你总是犹犹豫豫、拖拖拉拉。

但你内心里仍然想让人们看到的是一个积极的人，你想躺在向日葵上，即便沮丧，也仍然朝向阳光。

也许有些路好走，也许有些路让人更放心，也许那是条安逸又得人心的捷径。人们会为你鼓掌为你欣慰，会羡慕，会点头。

但是那是一出戏，主角不是你。

因为那个人失去了做梦的权利，失去了敢作敢为的胆魄，失去了潇洒和坦诚，年轻就这么一点儿筹码。

难道你想在人到迟暮时才扪心自问，未曾绽放就要枯萎吗？别忘了你明明有过梦想啊。

这才是二十几岁的你，到了三十岁、四十岁，你不一定敢这样豁出去。敢做梦的时间，可能只有这十年。

年轻的符号好像就该是热血和狂热，定语是放肆，插曲是迷茫，主题永远是大俗的词，关于梦想、爱情和友情。

问问自己，如果渴望的东西需要付出代价，还能不能坚持？

你一定会说，这代价我愿意担当。

没错，也许就像人们说的，你并不知道我要做什么。就像你一直不知道春天在哪里，但一直相信，春天就在那里。（佚名）

>>>

唯青春与梦想不可留白

我有过很多不切实际的想法，稍不如意，负面情绪伴随而来，整日低落消沉。懒惰是很奇怪的东西，它使我以为那是安逸，是休息，是福气；但实际上它所给我的是无聊，是倦怠，是消沉；它剥夺我对前途的希望，割断我和别人之间的友情，使我心胸日渐狭窄，对人生也越来越怀疑。

>>>

亲爱的自己，
不要任性了，
你需要的是蜕变。
旅行会改变人的气质，
让人的目光变得更加长远。

它的意义并不是告诉别人“这里我来过”。

在旅途中，
你会看到不同的人有不同的习惯，
并不是每个人都按照你的方式生活。

这样，人的心胸才会变得更宽广，
你才会以更好的心态去面对自己的生活。

每次到外地出差或旅行，我们都幻想自己是去远方流浪。走陌生的路，见不同的人，看异域的风景，经各样的事……会忽然觉得，原来人生是如此恣意和丰富。

在来去匆匆的旅途中，心情略带兴奋，还有一丝担忧，但更多的是期待，憧憬着陌生的地方会给自己带来怎样的惊喜和感叹。

就这样一路行走，一路欢笑，一路遐想，永远不知道下一秒会发生什么事，会有什么样的人与你相遇。这便是行走的乐趣。

每次行走后抽身静观，旅途中的劳累被淡忘，而那些美好和快乐的瞬间则沉淀下来，放在心底，一回味便觉愉悦。

其实，比起人生的漫漫，旅行不过是很小的一段；比起旅途的漫漫，相遇只是短暂的瞬间。而我们所向往的生活，也许就是享受现在，与人为善又偶尔远行。

人人心中都有远行的梦想。年轻的时候，我们爱做关于远方的梦——背起行囊，告别家乡，从此浪迹天涯，闯荡世界，做出一番轰轰烈烈的事业。

即便今天，你心中依然向往远方、渴望行走，却被太多理由绊住了双脚，有太多东西放不下，所以不得不向现实妥协，每天过着按部就班的生活。

每当看到那些旅行的人，心里除了羡慕，更多的是佩服。他们放弃安逸和稳定，选择漂泊和辛苦，始终行走在路上。

他们绝不是为了抵达一个又一个目的地，而是享受身心自由的行走过程。翻山越岭，穿越丛林，走走停停，停停走走。

生活，对于喜爱行走的人来说，每一天都是新奇而多彩的。

无论出发时有多少期待，途中那些不期而遇的人们，总是能带给你一些思考甚至惊喜，有时比景色更加令人回味。

也许就因为短暂的交谈，你的某些观念会因为路上这些人而发生改变。人生有时就是这么奇妙。

行走让你找到真正的自己。在喧嚣的都市，人们很容易变得浮躁，越来越多的人选择到宁静的远方云游。

这个世界，有的人像一棵树，一辈子在一个地方生根发芽开花结果；有的人则像一条奔腾不息的河流，永远不会停留。

树有树的安稳与平淡，河有河的波澜和壮美。选择什么样的生存状态，完全取决于你对生命的理解和感悟。

行走在滚滚黄沙的大漠边塞，古老雄浑的寂寞荒原，苍茫辽阔的天地之间，你会觉得人是多么渺小。那些放不下的世俗名利，不过是过眼云烟。

你就这样走着走着，纠结的心忽然明朗了，步伐更坚定了。从此你不再焦虑不再急迫，因为世界就在你心中。

下一站会遇见谁？会邂逅怎样的风景？谜底等待你去揭晓。

成功永远是明天的事。而你，情愿带着希望，永远在行走的路上，感受行走的乐趣。（琚红）

>>>

一无所知的世界，走下去才有惊喜

我的梦想换了无数种，计划和口号写了无数本日记，我的奋斗宣言喊了很多年……我知道自己早已不是小孩子了，却还是坚持那么漫无目的地活着，明明知道这样下去，等到垂老的时候会后悔，但我还是忍不住浪费时间和资本去继续这些无休止的空话和幻想。

>>>

亲爱的自己，
你有自己的人生剧本，
不是你父母的续集，
也不是你子女的前传，
更不是你朋友的外篇。

对待生命你不妨大胆冒险一点儿，
如果这世界上真有奇迹，
那只是努力的另一个名字。

生命中最难的阶段不是没有人懂你，
而是你不懂你自己。
从现在开始选一条路，
努力走下去吧。

在你青春璀璨的前半生，在你轻狂的年华，如果没看过外面的繁华，没看过山山水水，没走过那么多的路，没看过很多的书……以后的你会不会淹没在生活的柴米油盐里，每天被闹钟吵醒，然后拖着疲惫的身体，上班、下班、睡觉。

每天的生活像被复制了一样，惊人的相似。开始不知道生活的意义在哪里，开始觉得生活就是累，生活就是你逃脱不了的责任，因为你上有老下有小。

或许出去看看世界，能带给你不一样的经历和心境。那些时光，在以后的日子里会是你人生中最好的回忆，是每次想起都会微笑的片段。

看过世界的美好，走过不同的路，遇见不同的人，你开始重新认识自己，听从自己的心，去做想做的事，成为想要成为的人。

你开始意识到，其实一切并没有你想象中的困难，你说的缺少时间和钱，其实不过是你胆怯的借口。

你一直循规蹈矩地活着，按照家人的期望、社会的要求成长着，你觉得那些追求自我、看起来疯狂的行为是不够成熟的，然后你仍然方方正正地活着，从正方形到圆形。

你也曾有过梦想，可是后来，这些都变成了瞎想，你再也不会提这个词，你觉得遥不可及了，不现实了。

你觉得还是生存最重要，你从来不知道在你的世界以外，其实也有很多追逐梦想的人，尽管为了梦想要做一些无奈的事情，却心甘情愿。

走出去是让你在岁月面前，更加淡定从容地老去。所以，你要做的是让自己快乐地过好每一天，到生命尽头，可以毫无悔恨地离开。

在路上，是与自己的一场爱情。你会发现一个未知的自己，看着外面的一切，你开始问自己，到底什么才是最想要的生活？

在路上，你会看不同的风景，遇见不同的人。原来这个世界有很多人活得潇洒而不羁。真正的勇士，是你身边那些普通的人。

他们或许没有华丽的外表、丰富的物质，但是他们顺从自己的心，不羡慕、不嫉妒，善良而随和，对生活热爱而从容，对身边人温柔以待。

你会想看看外面的世界，走不同的路，风景没有好坏，每一处都是与众不同的。你会成长，开始有很多不一样的想法。

很多人没有勇气，是因为担心社会黑暗。其实，你以为生活是在拍电影吗？大家都这么忙，谁有时间去招惹你，不要以为每个接近你的人都是有目的的，世界上还是好人多。

就算你整天窝在家里，该发生的一样会发生。每个人都会觉得孤单与不安，但是这一切都会是你成长和青春的最好礼物，这一切经历都会是你在日后的生活中最好的财富。

不要害怕，走出去会是你梦想的起点，只要肯出发，你就会看到不一样的世界、不一样的自己。（夏浅）

>>>

一个人的魅力，
在于展现其肉眼可见的成长

我经常放不下浮躁，放不下懒惰，放不下我的三分钟热度，我也经常没法放空我禁不住诱惑的大脑，放不开容易被任何事物吸引的眼睛……我明明知道我不快乐是因为我可以忍受懒，却无法懒得心安理得，但还是不能静下心来努力做我该做的事。

>>>

亲爱的自己，
曾经的你拼尽全力在路上，
为了心中的梦想而活；
曾经的你咬紧牙关勇敢坚强，
为了所想的生活而活。
而你今天的继续远行，
是为了不辜负曾经的自己，
是为了对得起曾经的隐忍和坚持。

无论是一片坦途的光明，
还是绝望寂静的黑暗，
人总是不断向前走。
你想到达明天，
那么此刻就不要停下脚步。

某一天，对着镜子，你满脸疲惫，气色很差，眼神空洞。你看着自己，嘴里喃喃自语。好像在诉说生活的不如意，抱怨工作日复一日，没有激情，如同鸡肋，弃之可惜又舍不得丢掉。

你说等攒下些许积蓄就转行，却搞不清楚自己到底要干什么。你心情焦躁，想赚钱却无计可施。

手机里下载的各类学英语的 APP，你一次都没有打开过；公务员考试的题目，你还没有认真做完一遍；电子书，没有一本的阅读量超过 5%；甚至是手机里的电影，你都没有耐心看完一部。

你知道，你的青春不曾这样颓唐，也更加知道，你的青春怎敢将这颓唐继续。

还记得你那些傲娇的时刻吗？还记得你那些努力的时刻吗？你一定不曾忘记。

那一年，你坚持每天清晨五点起床跑步、读英语，一个学期从炎热的开始到寒冷的结束，你从未间断；那一年，在辩论场上你紧张得手心冒汗，却依然侃侃而谈；那一年，毕业前夕，你花一个月的时间准备面试 PPT，对着镜子反复练习，每一个字都说得铿锵有力，你的呼吸都充满了自信的味道。

你曾经说，要熟练掌握英语，争取一次国外进修机会；觉得弹吉他特别帅，要流利弹唱自己喜欢的歌曲；你说你要努力工作、努力赚钱，然后做一名自由职业者，以梦为马，和那个他浪迹天涯。

现在往事一件件重提，你却面无表情，轻轻摇头：那只是年少时的不知天高地厚。

“那时我们有梦，关于文学，关于爱情，关于穿越世界的旅行。如今我们深夜饮酒，杯子碰到一起，都是梦破裂的声音。”

这段话，你曾极力否定，当时的你坚信自己只会深夜饮酒高歌，赞美精彩绝伦的青春。最怕，最后自己变成自己曾经最讨厌的人。

你确实是回不到起点了，回不到你还没有和他分手的那个夏天了，回不到没有浪费这日日夜夜的年轻。可是，二十多岁的你即使依旧单身、工作枯燥、收入不高，却并没有走到终点。

人生的哪一次梦想不是从天高地厚开始的呢？如今，你正青春，怎么能继续颓唐下去呢？

青春浪漫，往往难敌世事变迁。生命对每一个人都是公平的，你所经历的一定是你必须要经历的，但它不只为了折磨你、消耗你，它一定会在你未来的人生路上发生化学反应。

如果这些事必须要经历，那么在你还可以从头再来的时候，在你还有机会呐喊青春的年代，你怎么能如此轻易地让自己缴械？

所以，不妨现在就开始。把那本只读了5%的书继续读完，把你落满灰尘的跑鞋刷干净后穿起来，把放在书架角落的英语书重新拿出来，把心爱的旧吉他弹起来。

生疏了，有什么关系？不会了，又有什么问题？这样那样的无知、不适应，你何尝没有走过，你不是重新开始，你只是重新整装而已。

你甚至不需要思考接下来要怎么走，只要延续之前自己的脚印，你就赢了。

不要忘记过去的你多么努力。你曾说读书不只是为了赚钱，是为了遇见更好的自己；你曾说跑步不是为了减肥，是为了健康；你曾说那些爱好是你对生命的尊敬，是帮助你舒缓浮躁心情的亲密伙伴。

我们都一样，年轻又迷茫，未来遥遥无期，生活没有方向。既然不知如何是好，不如多做点儿实事，多走走斜坡石阶，也蹚蹚浅溪小河，别人彷徨的时间你把每一天过扎实。日复一日回头看，迷茫的人还依旧在迷茫，而曾经的你一定会喜欢现在的自己。(佚名)

>>> 第二章

正是这一段段苦熬的岁月，才能让未来更清晰

每个人都会有自暴自弃的时候，

觉得什么事都完了，

看不到未来，一点儿希望也没有。

但其实最后都挺过来了，

没有诀窍，没有解药，唯一的办法就是苦熬。

正是这一段段苦熬的岁月，

才能让未来更清晰，希望更多，心更坚强。

苦熬为你穿上一身盔甲，让未来的你什么都不怕。

>>>

生活不是林黛玉，不会因忧伤而风情万种

总是活在一些极致的情绪里，某一段时间会对生活充满信心，但突然在某一瞬间，又会全盘推翻。我有信心时，无所不能，而我推翻这一切的时候，也是百分之百的灰心。

>>>

亲爱的自己，
不管你有多不开心，
你都有责任先吃好一顿饭，
睡好一个觉，打扮好自己。

很多烦恼，
其实都没什么大不了，
只是你在那个情景下，
在那种心情里，
庸人自扰罢了。

所以，无论发生什么，
先善待自己，
时间一过，世界自然会好。

每个人都希望被幸福砸到，被巨大的幸福围绕和淹没，窒息感和满满的热流温暖全身，那样的幸福最好是让自己始料不及。

但谁都明白，幸福来得猛烈，去得也快，感觉是强烈的，可惜有点儿来不及回味就消失得无影无踪。

幸福不是悲伤的反义词，人生的幸福总是和平淡比较着。平平淡淡是福分，未必是幸福。那些说自己“平平淡淡才是真”的，要么是没办法幸福，要么是真明白幸福需要一点点来。

悲伤来得悄无声息，却坍塌得无法抵挡。你左右不了悲伤驾临，你也没办法没心没肺地无视悲伤。在悲伤面前假装快乐，有时候比悲伤还令人无所适从。

该悲伤的时候不要勉强微笑，因为这个世界不需要你这样面对悲伤，它只会添油加醋地给你更多的悲伤。

你只需明白，不要给自己的悲伤加码。你一多半的悲伤，来自于质问为什么我要承受这些悲伤，为什么美好一去不返，为什么是我而不是别人，为什么我越来越悲伤。

悲伤本身，已经被你涂抹成自己思想里的悲伤，你把生活也都装扮成悲伤的样子，让快乐都不敢靠近。你自虐般地陷入习惯性的悲伤，还埋怨这个世界为什么会这样。

同样，悲伤不是快乐的反义词。只要你让悲伤快走，那么生活还是生活。悲伤里的你生活如旧，人生也如旧。悲伤会改变你的生活，但不会颠覆你的生活。

悲伤里，不影响你看到一朵花开的美丽，或是尝试一些改变。悲伤着自己的悲伤，只要别因为悲伤而拒绝可以快乐的机会，没事别追逐自己的悲伤就好。

人生对自我最大的不堪是，幸福来了，却希望最好是天大的幸福，但又不愿意去寻找、发现和创造一点点的小的幸福；悲伤来了，恐惧之余，却热衷于被悲伤涂改自己的生活，纠缠在悲伤里自虐，酝酿更多的悲伤。

人生总是看着漫长，然后被记忆里的悲伤和幸福左右着当下。当下的自己却渴望着大大的幸福、小小的悲伤。或许人生，只是需要幸福一点点地来，悲伤快快地走。

幸福与悲伤也许是一对谁也无法拆开的兄弟。

人生就像彩色的折扇，张开时有你想象不到的美丽，折合时也有你无法想象的阴霾。回顾在生活中经历的风雨波折，会深深地体味到人活在天地之间要有多大的勇气。

那些无法改变的，就勇敢地去承受，将所有的悲伤与不幸从内心驱逐出去，用岁月积淀的勇气坦然面对人世间的悲欢离愁，然后用一点一点的幸福营造快乐的人生。

让你的长辈因为你环绕膝下而幸福，让你的爱侣因为你的健康与关爱而幸福，让你的伙伴因为你的努力与合作而感到幸福，你也会因此深切地感受到存在的幸福。（佚名）

>>>

用自己喜欢的方式过一生

如果有一天，我变坏了，请记得，我曾经善良过；如果有一天，我变冷漠了，请记得，我曾经也被冷漠过；如果有一天，我变得目中无人了，请记得，曾经也没有人把我放在眼里；如果有一天，我不在乎任何事了，请记得，曾经也没有人在乎过我。

>>>

亲爱的自己，
生活中有人来、有人走，很正常，
何必把得失看得那么重？
开心难过都是过，
有人来了你不惊不喜，
有人走了你不痒不痛，
人都是这样活着。

你不能控制别人的想法，
只能自己看淡一点儿，
就算世界给你的全是利刃，
你也要哈哈大笑着继续走下去。
这就是生活，每个人都一样。

人活在世上不可能事事尽如人意，遇到困难和烦心的事情，听听别人的劝解，也有好处；但是，化解矛盾还是得靠自己。

别担心，一切都会好的。上天对每个人都是公平的，它在关上一扇门的同时，必定会打开一扇窗。无论多么糟糕的东西，世界都为其预留了位置。

相信雨点不会仅仅落在你一个人的屋顶，大千世界总有属于你的角落。拥有积极乐观的态度，是解决和战胜困难的第一步。

别害怕，天不会塌的。只要下定决心克服恐惧，便能克服恐惧。害怕时，把心思放在必须做的事情上，如果已做好准备，便不必害怕，去做你害怕的事，害怕自然会消失。

人生就像碰钉子，碰一回钉子，长一分见识，增一分阅历。天塌下来，还有大汉撑着，生命本身其实就是一场体验。

别后悔，谁都会做错事。世界上没有不犯错误的人，后悔是一种耗费精神的情绪，是比损失更大的损失，比错误更大的错误。

要勇敢地去做，不要害怕出错，没什么大不了的，坦白地说，有许多人希望你会被自己的错误击败。要记住，每一种创伤都是一种成熟。

别失望，机会还会有的。人之所以能，是因为相信能。一个人最大的破产是绝望，最大的资产是希望。生活很多时候是很不公平的，不要抱怨，要努力地去适应它。

创造机会的人是勇者，等待机会的人是愚者。如果天上会掉馅饼，那也会掉在把头昂起来的人嘴里。人生充满了尝试与错误，一次失败不代表你就永远出局了。

别放弃，坚持就有希望。人生最遗憾的，莫过于轻易地放弃了不该放弃的。你可以不拥有任何东西，除了对生活的激情和对未来的希望。

人生只有一条路不能选择，那就是放弃的路；只有一条路不能拒绝，那就是成长的路。希望总是出现在绝望之时，伟人之所以伟大，是因为他与别人共处逆境时，别人失去了信心，他却下决心实现自己的目标。

别生气，学会宽宏大量。生气是拿别人的错误来惩罚自己，忍一忍风平浪静，退一步海阔天空。好脾气是一个人在社交中所能穿着的最佳服饰，宽容是人与人相互理解和信任的桥梁。

乐观的心态来自宽容、大度、善解人意，更来自与世无争。

别勉强，顺其自然就好。生活中有许多事，可能你付出再多的努力都无法达到，因为一个人的能力必定有限，要受各种条件的限制。只要自己努力过、争取过，结果就不重要了。有些事，实在办不到，就算了吧，千万别为难自己。

别伤心，生活是美好的。在短暂的人生岁月中，谁都会碰到生离死别的揪心事。伤心和委屈的时候，可以哭，哭完洗把脸，给自己一个微笑。

好好生活，你的生命由你自己做主。（佚名）

>>>

那些不如意，只是人生的小长假

有时候我不知道自己怎么了，会莫名地情绪低落，只想一个人静静。会胡思乱想很多事，为什么自己在乎的人都觉得那么无所谓，为什么亲情、友情、爱情那么难兼顾……有时候明明很累了，但却没办法停止脚步，总问自己想要什么，却始终得不到答案，这种感觉谁能理解?

>>>

亲爱的自己，
谁都有疲倦到极点，
想要休息和放弃的时候，
也都有被生活踩在脚底，
落魄无助的时候。

但不一定要选择抱怨，
选择颓废和萎靡。
困境仅是一种激励，
人生的不如意，
是上帝给的长假，
这个时候应该好好享受假期。
当突然有一天假期结束，
时来运转，你的人生才真正开始。

有时候，夜深人静，突然觉得寂寞深入骨髓。有时候，莫名心情不好，不想和任何人说话，只想一个人静静地发呆。

有时候，突然很想哭，却难过得哭不出来。有时候，突然觉得心情烦躁，看什么都觉得不舒服，拼命想寻找一个出口。

有时候，感觉自己与世界格格不入，曾经一直坚持的东西一夜间面目全非。有时候，突然很想逃离现在的生活，想不顾一切收拾自己简单的行李去流浪。

有时候，发现身边的人都不了解自己，面对着身边的人，突然觉得说不出话。有时候，别人突然对你说，我觉得你变了，然后你百感交集。

有时候，希望时间为自己停下，就这样和喜欢的人地老天荒。有时候，想一个人躲起来，不愿别人看到自己的伤口。

有时候，明明自己心里有很多话要说，却不知道怎样表达。有时候，觉得自己其实一无所有，仿佛被世界抛弃。

有时候，明明自己身边很多朋友，却依然觉得孤单。有时候，很想放纵自己，希望自己彻彻底底醉一次。

有时候，梦想很多，却力不从心。有时候，常常找不到事做，无聊得无所适从。有时候，突然找不到自己，把自己丢了。

有时候，心里突然冒出一种厌倦的情绪，觉得自己很累很累。有时候，看不到自己未来的样子，迷茫得不知所措。

有时候，发现自己一夜之间长大了。有时候，听到一首老歌，就突然想起一个人。有时候，因为别人误解了自己有口无心的一句话，心里郁闷得发慌。

有时候，常常在回忆里挣扎，有很多过往无法释怀。有时候，渴望别人的关怀，渴望一份简单的快乐。

有时候，看着时间一点点流逝，自己却无能为力。有时候，想放下那所谓的自尊心和那伪装的面具，做一次真正的自己。

如果生活中的你累了，倦了，那么请将你的心灵靠岸，抛开尘世间的种种烦忧，在半醉半醒间重新触摸真实的自己。

你终于知道自己本没有那么洒脱，坚强的外表却包裹着一个脆弱的灵魂。它经得起风，经得起雨，却经不起滚滚红尘中的聚散别离。

抛却浮躁的灵魂，抚慰曾经的伤痕，想起已经淡忘或正在淡忘的往事，在放声痛哭中释怀过往的人生。

不必脸红，不必心跳，在清晰与模糊间一切不必如此明了，让一切就这样过去。卸下心灵的重负，在半醉半醒之间，让自己疲惫的灵魂找到回家的路……

感谢时间，永远不要用你的现状去判断你的未来。如果你还没有得到你想要的，不要灰心，不要沮丧，不是你不配，而是你值得拥有更好的。

所以，耐心些，给时间一点儿时间。别畏惧暂时的忧伤，即使无人鼓掌，也要全情投入，优雅坚持。（佚名）

>>>

心若没有栖息的地方，
到哪里都是在流浪

我大脑里住了八个恶魔：情绪化、懒惰、爱妄想、顽固、装神秘、意志薄弱、爱慕虚荣、充满偏见。我正在试图甩掉它们。我还有许多弱点：从别人那儿得来的奇怪的优越感，自以为是的聪明，不同于别人的特殊……我常不快乐，有时候我觉得自己很讨厌，并为此深受折磨。

>>>

亲爱的自己，
人是感性的动物，
常常控制不住情绪，
轻轻一碰就痛。

不要因为一点儿瑕疵而放弃一段坚持，
没有哪份工作是轻松的，
没有人是完美的。
耐心点儿，坚强些，
总有一天，
你承受过的疼痛会有助于你。
生活从来都不会刻意亏欠谁，
它给了你一块阴影，
就会在不远的地方洒下阳光。

如今的生活，繁华而浓重，放眼望去，整个世间仿佛是一个浓妆艳抹的女子，妖冶而妩媚，所有的华丽尽显在身上，而内在却空无一物。

蓦然回首，只剩下了满眼慌乱，如丢失了心爱玩具的孩子。

总是在失去后方能体会到那种慌乱，而在你满身伪装后，仅剩的真实，便是你发现找不回快乐时那份焦急的心情，在那一刻毫不保留地从你眼神中流露出来。

如果这样，还不至于太糟糕，至少你还知道去找，于千万人中你还是幸运的。

有些人，也许在最初伪装自己融入世界的时候，是逼不得已、迫于无奈的，但最终迷失其中。而能回头去寻找的，还不算晚，其实有时候就那么清浅的一个回眸，便扭转了结局。

正因为迷失、伪装、融入，才丢了原本的幸福。幡然醒悟的人，便会选择一种方式去找回最初的幸福感，那就是人们常说的——流浪。

每个人都有一个关于流浪的梦，各式各样，不尽相同。其实，人终其一生都在流浪，而这种流浪不在于你的脚步踏上哪片土地，而是在于你的心流浪在哪片河流里。

有些人觉得自己是幸福的，有些人觉得自己是不幸的。不幸的人认为自己是没有安全感的一类，所以总觉得自己处在颠沛流离之中，只能不断地向前。他们将流浪当做是一种情感的寄托，脚步不停息地去放逐自己。

尽管也有累的时候，但是他们依旧执著地行走，因为心中那份情感在没有找到可以停靠下来的地方时，他们需要继续放逐这份心情，直到自己将这份情感稳妥安放。

幸福快乐的人，他们流浪在自己欢快的河流里，徜徉着，畅游着。他们并不觉得自己是流浪，反而觉得那是温暖的港湾。

其实，流浪与搁浅有时是一个意思，一切安好时，谁都感受不到那种流动，哪怕是在幸福的河流里跌宕起伏、波涛汹涌，在他们看来也是一种幸福。

行走在世间，总会莫名其妙地产生很多情绪，有因的、无因的，都会在不经意间出现。真正能称为幸福的人没有几个。

不管是流浪在幸福的国度里，还是流浪在悲伤的河流里，放开自己，尽情去体验。流浪着自己，放逐着心情。让每一份心情化作朵朵洁白的云，留在你经过的天空上，去明媚后来的人。

如若，你明媚如灿烂的阳光，那请你流浪到那悲伤的地带，擦拭那里的天空，温暖那里的心情；如若，你忧伤如昏暗的影子，那请你流浪到那暖阳地带，让它为你洗净心灵的尘埃，画上艳丽的色彩。

小小的你，流浪的是自己，放逐的是心情。（雪见清心）

>>>

你会站在最亮的地方，活成自己曾经渴望的模样

我处在一种很难确定的状态中，优柔寡断，没有梦想，意志消沉，生活过得很无望。我告诫自己：你的话说得太多，你听别人倾诉得太多，你在陌生的房间里坐的时间太长，你醒着的时间太长，你平庸的事想得太多，你希望过多，你安慰自己太频繁……一直想改变却拖拉成性。

>>>

亲爱的自己，
每个人都有光，
即便你看起来一点儿也不耀眼，
也要确信自己是温暖的存在。

会遇到气场不合的人，
会踏进无所适从的环境，
会有很长的时间被忽略、被无视，
但不要给自己“不行”的暗示。
如果有机会走出这种不协调，
就勇敢走，不回头；
如果不能离开，
也要看见自己、相信自己，
且韬光养晦。

很多人都是这样的：

不想参加聚会，不想和人交流；经常想太多；自叹比不上别人；常常不知道自己想要的是什么；注意力不集中，做事三分钟热度。

难过时找不到安慰自己的人；难以控制当时的怒气，事后又后悔不已；发现自己掌控不了最想做的事，把握不了最喜欢的人；因无法帮到别人而自责。

感觉自己一无所有，毫无价值可言，真是非常失败。

如果你真的像自己说的那样差，那是什么让你能够活到现在？为什么你总是看见自己的不好，总在习惯性地贬低自己？

你以为自己看到的就是关于自己全部的生活真相，但是其实你只看到了自己眼中的自己，只看到了很小的那部分自己。

你若是总拿着放大镜看自己的缺点，就会完全忽略自己的优点。你总是把缺点、问题、失败、不好、坏习惯都等同于自己这个人本身，于是就变成了“我不好”。

因此，你不停地挣扎、努力，总幻想着自己可以做得更多，做得更好，可是在这个过程中，你又遭遇了一次次失败，于是更加看不起自己，觉得自己一无是处。

别人夸你，你喜笑颜开，觉得自己很好；别人说你不好，你就觉得难过，整个人都不好了。你从未对自己有清楚的认识，从未真正看见自己，从未好好接纳自己。

彩虹中如果多出一道灰色，那这道灰色并不会影响赤橙黄绿青蓝紫的美丽。你需要做的是选择题，选择把你的目光放在美丽的色彩上，而不是选择把你的目光放在那道灰色上。

一瓶名贵的香水在一堆韭菜盒子里，也不一定能够凸显自己的香味，而一个韭菜盒子在名贵的香水面前还是那么突出，那是因为韭菜盒子的气味特殊。人也一样，个性鲜明、气质独特的人到哪里都是那么显眼。

人有时候难免会讨厌不甘平庸却又不好好努力的自己，羡慕别人闪闪发光，但其实大多数人都是普通的，只是别人的付出你没看到。

或许人生很无奈，生活很现实。你会苦恼，会不安，会焦虑；你会抱怨，会自责。但其实，在这个城市的某一处一定会有一个让你感到温暖的、让你感觉到人情味的存在。

不要沮丧，不必惊慌，做努力爬的蜗牛或坚持飞的笨鸟，我们试着长大，一路跌跌撞撞，然后遍体鳞伤。

当你觉得前方似乎有一道迈不过的坎的时候，就想，只要活着就一定会有好事发生。坚持着，总有一天，你会站在最亮的地方，活成自己曾经渴望的模样。

亲爱的，别总说自己不好，你虽不完美，虽没有好到一百分，但是你已足够好，请看见自己的好，为自己的好点赞。

请你在出门时，一定要把自己打扮得清清爽爽，昂起头，挺起胸，面带微笑，从容自若地面对生活。

只要你自己真正撑起来了，那么别人无论如何都压不垮你，内心的强大才是真正的强大。（佚名）

>>>

谁都毁不掉你的人生

我的生活一团糟，每天无所事事却感觉非常累。我觉得自己不比别人差，可是不知道为什么总是落在最后，所有的理想都一点点被挫败。我知道是我懒惰、贪玩、自控能力差，所以我怨不了命运，也怨不了运气，都怪我自己，我想改，现在就想改。

>>>

亲爱的自己，
你以为只有你仿佛看不到未来，
总有解决不完的问题，
等不来的好运。
你以为天上会掉好运，砸到你，
从此衣食无忧，坐等他人羡慕。

这样的人或许有，但不是你。

生活会教你处理痛苦，
一遍学不会，你就痛苦一次，
总是学不会，
你就在同样的地方反复摔跤。
包教包会，学会为止。

你的脸上云淡风轻，谁都不知道你的牙咬得有多紧；你走路带着风，谁都不知道你膝盖上仍有曾摔伤的淤青；你笑得没心没肺，没人知道你哭起来只能无声落泪。

要让人觉得毫不费力，只能背后极其努力。

你总希望寻找一份永恒的快乐与幸福，但是生活并非像想象的那样一帆风顺。失望就像一只罪恶的手撕扯着你，并企图把你拉向无底的深渊。

幸福有时候比想象的要简单很多，问题在于如果你不把所有的不幸都探索经历一遍，不把所有该摔的跤都摔一遍，不把所有的山都爬一遍，你就没法相信，其实山脚下的那块巴掌大的树荫下就有幸福。

这些年曾被轻视过，莫名被骂过；也做了些傻事儿，想起来都尴尬；也有些时刻差点儿坚持不下去，又不知怎么坚持了下来。

经历点儿傻事，受点儿伤都是常态，行走世间，大家都会遇到“妖怪”。

重要的是在跌倒以后还能爬起来，拍拍身上的灰尘，对自己说一句：别怕，你的人生除了你自己，谁都毁不掉。

无论黑夜多么漫长，朝阳总会冉冉升起。

只要心中还有一线希望，无论来自外界的不幸如何沉重，无论源于自身的灾难如何巨大，脚下总会有一条新的道路。

这个世界上从来没有真正的绝境，快乐和痛苦都是相对的。很多时候你因为进退无路而垂头丧气时，却不知道身旁已经有扇窗为自己开启。

生活不会按你想要的方式进行。它会给你一段时间，让你孤独、迷茫又沉默。如果你用这些时间，跟自己独处，努力经营自己，等渡过低潮，那些独处的时光必定照亮你的路。

不要总说我好累，我不行，一生至少该有一次全力以赴的拼搏。没什么好抱怨的，今天的每一步，都是在为之前的每一次选择买单，这也叫担当。

在任何时候只要还有努力的机会，你就要放弃埋怨，放弃悲观，积极地投入到拼搏中，因为事情总会有转机的。很多挫折和困难并不可怕，可怕的是你先在思想上被打倒。

遇到困难只有两种结局：要么打倒困难，要么被困难打倒。当你真的跨过去时，你就会觉得这只是一种经历而已。

如果你会因为迷茫而烦恼，说明你还希望进步；如果你会因为错过而后悔，说明你懂得了珍惜；如果你会因为失败而痛苦，说明你不是为失败而来；如果你会因为伤心而流泪，说明你还想活得快乐。

人活在世上，本来就没有一帆风顺的事，关键在你如何面对。只要跨过去，你的人生也会随之而改写。（佚名）

>>>

你如今受过的苦，是你看世界的路

小时候，每当我不小心摔倒，第一个念头就是去找是什么东西绊了脚，找不到就怪路不平。尽管那样做对于疼痛的减轻并没有直接效果，但能找到可以责怪的对象也算是一种安慰，起码证明自己没有责任。长大后遇到挫折，也总是不自觉找出许多客观原因来开脱自己，实在找不到就说自己的命不好。

>>>

亲爱的自己，
你这样为自己开脱，
只是在想方设法一次又一次欺骗自己。
没做成一件事，事后别找理由，
那些冠冕堂皇的理由，
都是逃避的借口。

赢了就庆祝，
输了就重新开始。
只要你决心去做，
就没人能阻碍你。
所有流言蜚语和火上浇油，
只要你不记在心里，
终会成为你实现梦想的助力器。

世界上没有一成不变的准则，没有万能的处世法则，所有的一切都要自己去摸索、去试探。他人走过的路，跌倒的地方只能够引起自己的警示，而并不能代替自己摔倒。

总有一些地方是所有人未曾到过的，总有一些事是所有人未曾经历过的，所有这一切都需要自己去尝试、去体验。

人不可能一辈子都不摔跤，更不可能不碰壁，错过的已经成了永远的遗憾，就不要再让这种错过成为不可弥补的过错。

遇到挫折，无论怎样怪别人，最终都是徒劳无益的。

怨天尤人其实是一种懦弱，更是一种不成熟的表现，不但掩盖了自己不能面对的现实，还留下了将来可能重蹈覆辙的隐患。

一个真正意义上的强者并不是一帆风顺的幸运儿，必然要经历各种痛苦和挑战，而战胜一切困难的人首先必须战胜自己，战胜自己的前提就是反省自身。

如果老天善待你，给了你优越的生活，请不要收敛起自己的斗志；如果老天对你百般设障，请不要磨灭对自己的信心和向前奋斗的勇气。

当你想要放弃时，一定要想想那些睡得比你晚、起得比你早、跑得比你卖力、天赋还比你高的人，他们早已在晨光中跑向那个你永远只能眺望的远方。

在你经历过风吹雨打之后，也许会伤痕累累，但是当雨后的第一缕阳光投射到你那苍白、憔悴的脸庞时，你应该欣喜若狂，并不是因为阳光的温暖，而是在苦了心志、劳了筋骨、饿了体肤之后，你毅然站立在前进的路上，做着坚韧上进的自己。

其实你现在在哪里，并不是那么重要。只要你有一颗永远向上的心，就终究会找到那个属于你自己的方向。

每个人在每个年龄段都有不堪承受的痛楚，不是因为你的懦弱，不是因为你不够坚强，只是因为你处在那个年龄段。

去承认自己的脆弱，接受自己的不堪，告诉自己，它们都是你生命里的一部分。想哭就哭，想醉就醉，你不用逼着自己坚强到无人能敌。你比以往都恢复得更快，没有任何强求，好起来，便是真的好起来了。

所以，请不要在最能吃苦的时候选择安逸。

没有人的青春是在红地毯上走过，既然梦想成为那个别人无法企及的自我，就应该选择一条属于自己的道路，为了到达终点，付出别人无法企及的努力。

我们都一样，经历着别人所不能代替的成长。有些伤痛只能自己默默扛着，但有一天，终会明白这一切存在的意义，会笑着感激曾经的苦痛与伤害。

别人没有体验过你的辛酸苦楚，便收获不了你的快乐和幸福，你只需去安然地承受和忍耐，终会收获属于自己的那份美好。（佚名）

>>>

没有到不了的明天

我总是碰到一点儿压力就会让自己变得不堪重负，碰到一点儿不确定性就把前途描摹成黯淡无光，碰到一点儿不开心就感觉这辈子最黑暗的时候到了。生活扑面而来，告诉我，要做一个努力的人、一个听命的人。于是我慢慢懂得，生命到头来都是一场悲剧。

>>>

亲爱的自己，
不要整天把痛苦挂在嘴边，
这大概是因为不想努力而为放弃找的最拙劣的借口。

每个人都有他的故事，
活着并不是为了往后看着自己的回忆，
而是为了期待希望的曙光。
学会去做一个用力生活的人，
前面的路，
要么回到原点，要么就去拼。

而生活，如果你愿意，
可以很美好。

或许，你因为一些人靠着背景一步登天，而怒斥世道的不公；或许，你看到成功人士的辉煌，而感到满心的羞愧；或许，你独走异乡，看到他人结伴逛街吃饭，而感到内心寂寞。

其实，你是多么渴望，在自己失措无助时，能有一个人身临其境地感受你的痛苦，但是别人始终不是你，始终不能懂你。

你要有足够的心理准备去相信，有些人只是陪你走一段路而已。这个世界上没有不带伤的人，跌跌撞撞地行走，慢慢地学会自我疗伤。

你要去相信这个世界是美好的，没有到不了的明天。

你是否也是这样，想要变成超人，照顾身边所有的人，但后来，发现自己只是个普通人，却还是不愿去相信。

其实你很害怕，害怕再去伤害一个人，所以你一直没法鼓起勇气再去经营一段感情。你无法想象，那时候与你擦肩而过的人，或许在一个不经意的时候走进了你的生命里。

那个无声无息离开你的人，没留下别的，只留下回忆，你以为一辈子都无法忘却的，却在后来听他人不经意提起时，只会一笑而过，只记得一个名字。

事情到最后都是美好的，如果不好，那只是还没到最后。

你看着别人恋情甜蜜美满，自己身边空荡荡的，难免会有些失落感，但是你一定要相信，那个人也是在经历了很多之后才会来找你。

而你要做的，就是好好照顾自己，让自己在最好的状态遇到最好的他，因为如若不自爱，何以爱他人。

曾经那个与你共谱未来蓝图的人，对你渐渐冷淡，最后远离，你以为你一辈子都放不开，可是后来的你还是发现，原来真的不是离开了谁就活不下去。

可能到最后你也无法牵到喜欢的那个人的手，但是没关系，因为你已经走进他的心里；可能你无法功成名就，但是没关系，因为在你努力的过程中，你找到了最真实的自己。

可能你无法看到全世界的风景，但是没关系，遇到那个他，就是你看过最美的风景；可能你无法完成当初的梦想，但是没关系，因为你已经竭尽全力地走完了一段你想要走的路。

谁不曾满怀痛苦地想要逃离世界，谁不曾放肆地去做一些错的事，谁不曾疯狂地去颠覆自己的青春。我们总是不停地去改变，不停地去雕琢不完美的自己，只是为了成就一个最好的自己。

不必去痛恨自己的人生，我们辛辛苦苦地来到这个世界，并不是为了折磨自己而来的，我们生下来的时候已经哭得够多了。

所以，不要把时间用在埋怨上，去奋斗、去经历、去爱、去闯、去梦，最后你会成就最好的自己，也会遇到最好的他。

喜欢一个人就去追吧，因为一辈子不长，你可能只有那么一次机会能牵到那个人的手；有梦想就去努力吧，因为一辈子不长，你可能只有那么一次机会去竭尽全力地奋斗。

去守护你爱的人吧，因为一辈子不长，你可能随时失去他的拥抱；你不可能知道未来的路在哪儿，因为如果知道，那就不叫人生，而叫认命。

我们都一样，一样被他人说着幼稚，一样追寻着他人觉得不可能的东西。但是那有什么关系，别人根本没经历过你的人生，又如何能懂你。你要知道，这个世界是美好的。

你要去抱最大的希望，尽最大的努力，做最坏的打算，持最好的心态，记住该记住的，改变能改变的，接受已成现实的。每天的太阳都是新的，每天的日子都是美好的。（刘艺侨 Joe）

>>> 第三章

请你温暖，无论世界多冷漠

原谅世界是有效的成长方式。

不是说让你忘记所有的不公，

成为一个麻木的人，

而是要学会站在客观角度看待自己和世界，

从而缓解你所感觉到的不幸。

只有你选择相信世界，才能原谅世界，

这样，你前进的方向就会少了很多阻力。

>>>

不要说岁月残忍，它其实温柔了你

看清了很多人，却不能随意拆穿；讨厌着很多人，却又不能轻易翻脸。有时候，生活就是要逼自己变得逆来顺受、宠辱不惊。我自以为是看透了，自以为是经历了，其实我留下的是不可告人的遗憾，我们都是带着伤继续生活的。

>>>

亲爱的自己，
当别人说你看起来总是那么平静与淡然时，
只有你自己心里知道，
如今的平静与淡然是用多少眼泪换回来的，
此时此刻的波澜不惊，
又是曾被多少大风大浪淹没过。

生命中所有的经历，
都是为了造就你和锻炼你。

不要总说岁月残忍，
它其实温柔了你。

有些事情是不能告诉别人的，有些事情是不必告诉别人的，有些事情是根本没有办法告诉别人的，而且有些事是一旦告诉了别人，你就会马上后悔的。

不要苛求从所有的人那里都能获得好的评价。讨好所有的人，就意味着要彻底得罪自己。一个人平庸点儿不可怕，变得八面玲珑才可怕，你应活在相悦的人心里。

不为不值得的人改变，不为飘忽而逝的生命过客留恋。要在喜欢你的人那里，去热爱生活；在不喜欢你的人那里，去看清世界。

让你心理上受苦的，不是事情本身，而是你对事情的想法和围绕着这个世界所编造的故事。当你接纳了当下，不徒然浪费力气去抗争的时候，事情往往会有意想不到的转机出现。美好的人生，不外乎个人顺其性情，做好分内之事。

好多事情，不会因为你在乎而改变，也不会因为你在乎就变成你喜欢的样子。不如把用来在乎的时间和精力去做更有意思的事，成为一个更好的自己。

人生至高的境界就是在纷繁中淡定心绪，心静时，过往的纠缠都可以搁置在一边晾晒，让你独享此刻宁静的光阴。深深的话你浅浅地说，长长的路你慢慢地走。

如果温和是一种智慧，那么坚定更是一种品质，每个人都走在内心觉醒的路上。人生需要做减法，减去那些烦琐与浮华，只留下最轻的一层给自己，那是生命的一种必需与支撑。

生活从来如此，轻得如鸿毛，却又重得如泰山。关键是看拿什么样的心境去举这根叫作生活的杠杆。举得好，就是举重若轻；举得不好，就是泰山压顶。

做一个处世淡泊的人，做一个看淡得失的人，让自己心里的释然，承受命运所有的压力。

其实，每个人心里都有一份执著，只是有的人因为害怕受伤，所以选择遗忘；有的人因为付出与回报不能等价代换，所以宁愿舍弃；有的人因为不敢面对，所以故作潇洒……

生活有好有坏，或喜或悲。你可以这样告诉自己：既然生活一定要有色彩，那么为什么不勇敢地面对，至少，无悔走一遭。

你要知道，生活越接近平淡，内心就越接近绚烂。这种内心的绚烂，不张扬、不过分、不形式主义。

宛如经历了世事的智者，也终于领悟到，太过用力、太过张扬的东西，一定是虚张声势的。而内心的安宁才是真正的安宁，它更干净、更纯粹、更饱满，更接近那个叫灵魂的地方。

时光凿去狂妄，磨出温润。试着变得柔软，而非坚硬；流畅，而非拘谨；温柔，而非冷漠；发现，而非寻找。

人应该诗意般地栖居。无论遇见什么，都是生命的典藏。纵然我们做不到清心寡欲，但至少也要学会淡然优雅，无论何时，无论何地，都要努力，把脚下的路途走成幸福的模样。（佚名）

>>>

踮起脚尖
就会更接近阳光

想做一个简单的人，拥有简单的生活，可以无所顾忌地和朋友们倾诉，不必去担心自己的笨拙伤害了谁，不去猜测谁会嘲笑自己。不想仅仅活在别人的眼睛里，更想活在他人的心中，有时候觉得这是很简单的事，有时候又觉得这是世上最难的事。

>>>

亲爱的自己，
如果你期望人人都对你感到满意，
你必然会要求自己面面俱到。

可是无论你怎么认真努力去适应他人，
都无法做到完美无缺。

只有懂得享受自己的生活，
不受别人的消极影响，
不管别人如何评价你，
你的生活才会是幸福的。

人生的意外总是悄然而至，让人猝不及防。当别人忽略你时，不要伤心，每个人都有自己的生活，能陪你走过短暂的一程已是岁月莫大的慈悲。

爱就是当你掉了一颗大门牙，却仍可以坦然微笑。因为你知道，你的朋友不会因为你的不完整，就停止爱你。

生命是一艘缓缓行驶的船，船上载满了我们的骄傲；而它总会在一个适当的时刻，从身边悄悄离去，开始浩瀚无边的远征。

如果情感和岁月也能被轻轻撕碎，随风将它们扔入海中，那么谁不愿意从此就在海底沉默？那些年少的岁月，该有雨，洗去错误的足印；该有雪，擦去脸上的模糊。

纷纷扬扬的浮嚣，热闹拥挤的生活，湿漉漉的身躯，背负了太多希冀与无奈。我们该以一种谦卑的姿态看待这个世界，放下不该有的期待，因为它是一个连回忆也不可触及的虚无。

生活只有走出来的美丽，从来没有等出来的辉煌，我们踮起脚尖，就会更接近阳光。

有一天，不管未来的际遇和心情如何，你都要回归生活的细节，诚实地去面对自己，找到适合自己的生活方式，原谅那些不该原谅的人和事，充实完美将来的每一天。

生命是一根无限延长的地平线，笑声总交织着泪水，一切言语都在重复动情的时刻。

回顾初见时的喜悦，预见离别时的酸楚，欢乐时会放声大笑，悲伤时会抱头痛哭，一切沉痛的过往都有冗长的回声，一切希望都注释着一份爱的信仰。

这一路，摸爬滚打，兜兜转转，你把愤怒喜欢过了，把变化莫测的命运喜欢过了，懂得了将每一个没有结局的开始认真书写，因为一切快乐都是稍纵即逝的追寻，珍惜总胜过暗自虚度。

在世间走走停停，每个人都无可避免在每一天浪费一些时间，去回忆那些丢失已久的天真，去怀念那些好久不见的朋友。

多年以前，曾一起将光阴虚度，曾一起将爱进行到底，曾一起将梦想放飞，说好了一辈子都要将彼此深爱。

那些年轻的面孔，那些无知的追赶，那些苍老的时光，那些无畏的牺牲，便是相遇最美的见证。

那些匆忙奔走的人们，在未来的某一天会明白，善良比聪明更难得，平淡比辉煌更难得。感谢这一路那个义无反顾坚持善良与真诚的自己，还有一直给予包容的亲人和朋友们。

我们都应该活给自己看，给自己一个骄傲的借口，给自己一个幸福的理由，给自己一份别人所不能给予的温暖。敢于唱出心中最真诚的呼唤，而不必扭扭捏捏、东遮西掩。

拥有时，不必去矫饰喜悦；失去了，也不要过于悲伤。活给自己，笑给自己，演给自己，唱给自己，把快乐的钥匙掌握在自己的手中、心里和灵魂深处。

你要不停地赶路，时而驻足，时而回过头张望，因为幸福，它就在你来回的路上。（梧桐月）

>>>

和喜欢的一切在一起

有时候，我的心思没有放在绽放上面，却总在担心“别人会怎么看我”，这样一来，就慢慢失掉天然的动机和力量。小时候，我也是在赞扬声中长大，到了后来，自我不再绽放，反而变得枯萎了。

>>>

亲爱的自己，
有些热爱和喜欢，
纵使永远也没办法实现，
纵使连说出来都很奢侈。

只是，
如果没有说出来温暖自己一下，
就无法获得前进的动力。

你之所以这么努力，
是不想在年华老去之后鄙视自己。
活得充实比活得成功更重要。

谁没有抑郁的时候？抑郁就像呼吸，如影随形，关键看你找到什么样的药，能不能说服自己，不要在坏情绪里越陷越深。

想想你的幸运之处，想想那些你所得到的意外的幸福，哪怕再微小，也是你白捡的。把自己看得渺小一点儿，这个世界从来没有欠你的。

很多人的忧郁、失落，是因违背了自己少年时立下的决心。自认为成熟、练达、精明，从前多幼稚，总算看透了、想通了，于是，从此变成自己年少时最憎恶的那种人。

真正地喜欢自己，不是牺牲掉所有的时间和精力，去打拼辉煌的未来，而是在当下，努力去做自己喜欢做的和有趣的事情，让自己的内心充盈着喜悦，让现在的每一天，都以自己喜爱的方式度过。

小时候，也许你会有演员梦、画家梦，这些梦一直被父母说成“做梦”。后来，去外地读大学后，离开他们的“监视”，你做的第一件“大事”，就是自编自学自练了一段舞蹈，在迎新晚会上表演。当灯光为你开启，音乐为你响起，舞台下面有黑压压的观众时，你的梦想就这样实现了，原来这么简单。

如果你没有那么完美主义，实现梦想就是一件容易的事，与自己喜欢的一切在一起，也是一件容易的事。

梦想从来不应该被完美绑架。你只有义务尽力去做，而没有义务一定做好。梦想的核心价值只有两个，一是热爱与喜欢，二是去做。

与永远感叹现实残酷的人相比，说做就去做的人更值得欣赏。无论现实如何，他们总有办法活得热气腾腾。在他们身上，没有“喜欢就要做好”的执念，所以更容易凭兴趣去做任何事。

去做的背后，站着喜欢；而做好的背后，站着的是他人的评判。很多时候，你没有与喜欢的一切在一起，是担心它既不能谋生又不能谋爱，最后终究还是选择了活给别人看。

喜欢就要做好；如果做不好，就会被人笑话，所以干脆不做吧……你已经做过了太多证明题，而努力成长成熟的意义，不是把证明题做得更好，而是不再做那么多证明题。

以前，你会喜欢人群中的优秀者，现在你却更喜欢那些活得兴致勃勃的平庸者甚至笨拙者。他们尊重自己的喜欢，无视他人的评价，没有把人生过成一场辛苦的坚持，而是尽最大可能取悦自己。

工作的时候，不管喜不喜欢都要做好，这是敬业。工作之外，要与自己喜欢的一切在一起，这是生活。当你不再年轻，回首往事时，希望你追过喜欢的人，做过喜欢的事，你所有的梦想都没有因为谁而搁置。（佚名）

>>>

时光善良，请别辜负

我不习惯和别人说心事，因为我以为沉默可以让自己快乐起来。可是，我感觉到的却是更多的寂寞，一个人坐在草地上对着天空发呆，也不知道脑子里在想什么。其实，我也很渴望有一个人能懂我，能走进我的心里。

>>>

亲爱的自己，
你闭着眼睛，
世界就是黑暗的，
抱怨社会，抱怨陌生人，
是你的心把阳光、美好、善良拒之门外。

只有打开心扉，
才能看见社会的友善，
看见每个人的善良。

请相信，
你若有难，定有陌生人伸出援手。
人性的美好，就像灿烂的太阳，
一直照耀着你，温暖着你。

生命一天天地转动着，秒针、分针、时针，拖着虚影转动成这个庞大的时代。

而我们，在这个经济以光速发展的社会里，被物质迷了心窍，缺少了沟通，遗失了曾经的无话不说，葬送了美好时光里的大把感情，只因你紧闭心扉。

当青春变成了旧照片，当旧照片变成了回忆，当回忆如钢铁般腐蚀，我们终于站在分叉的路口，孤独、失望、彷徨、残忍。

等待时光在身体上一刀一刀地镌刻皱纹，等到白发苍苍的时候，在原地追悼那曾经灿烂过的情谊。

让人担心的是，某天，你忘记了曾经的感情，在时光温婉的眼神中，画地为牢，停在原地，追悼曾经的情谊。这一切的一切，只因你紧闭心扉。

这个世界确实是有这样一些人，他们能轻易地和你成为朋友，也能随随便便就和你聊上两三个小时，然而交谈的内容却永远只如拿铁咖啡里的泡沫，厚得足够溢出杯口，抿进嘴却不过一口空虚的气。

或许你认为这就是人生，这就是成长的代价，或许你溃不成军，痛彻心扉。其实大可不必，在后来的夏末抑或是飘雪的长夜，在此地或是异乡，你永远都可以改变不能接受的现在。

而那些隐忍的、包容的、欲说还休的目光，不是因为你的软弱，而是因为你的在乎，你在乎这个世界，在乎你所在乎的一切。

生活并没有亏欠你任何东西，所以没有必要总苦着脸封闭自己。应对生活充满感激，至少，它给了你生命，给了你生存的空间。

像阳光一样的人，像阳光一样的事，像阳光一样的爱，像阳光一样的慈悲，世界上遍地都是。一声温暖的问候，一个甜甜的微笑，一句简单的祝福，一回小小的帮助，一次善意的举动，都是你生命的阳光。

何不把它们收藏起来，让它们照耀你的人生路，温暖自己需要温暖的内心，心底的阳光多了，自己就是个太阳，还有什么风雨大到能够浇灭太阳。

当你敞开心扉，让心灵与天地万物合一，你就是佛；当你紧闭心扉，心灵一片黑暗，你就是魔。

幸福也如此。当你心中充满阳光，与阳光无二，你就是幸福的；当你心中没有阳光，与黑暗为伍，你就是不幸的。

幸福其实很简单，张开手，敞开心。

生活，在日常繁杂琐碎的事里继续；生命，在循环往复的日子里起伏。岁月静好，请不要置之高阁。有一种力量，掩饰着内心的惊喜，那就是行走在生命里。

愿在人生的道路上能够多一点儿快乐，体现出自我的真实存在，演绎出自身的不可替代。执著的信念，平和热情的心态，感受生活的美好和阳光的灿烂。（侯冠宇）

>>>

不要孤傲，给世界一个拥抱

小时候，一天两颗糖果、过年时一身新衣、画在手腕上的手表，那是我们全部的财富，活得别提有多美。长大后，拥有很多鞋子、很多钞票、很多房子成了我们的奋斗目标，却没见几个人真正过得舒心。什么都想要，就会活得很累。

>>>

亲爱的自己，
你用初中三年去盼望高中三年，
用高中三年去憧憬大学四年，
而用大学四年去怀念中学六年，
最终用一生去祭奠你的青春。

忘却自己的生理年龄，
用依然自信的身心状态迎接每一个
黎明的到来与黄昏的降临。

你若自信，就没有人能看低你，
你若心盛，就没有人会说你已经不行了。

岁月在流逝，生命需要一种成熟的积淀，但骨子里还留存着那份久远的童年情趣，这就是生命对现实的一种硬性的接纳。倘若不是生活所需，我们就都是长不大的成年人。

只因童心未泯，行为简单，感受真实，性情非凡，也许这就是抵抗衰老的最有效的法宝。

与生俱来的童心情结，使你始终保持着对成熟的抗拒感，就算是外表不可避免地变得成熟，也要在内心保留小孩儿的一角。

从世故到天真和从天真到世故，其实是一体两面，就好像黑夜和白天。只有放下世故复杂面貌，才能回归天真的本质；只有保持一颗纯洁之心，才能使你享受一生幸福快乐。

童年如流星，一闪而过，往事也消失在时光的旋涡中了。看见流星时无比激动的心情和流星的惊鸿同时定格在飞逝的瞬间。

人能拥有童心，是一种生命的幸运与豁达的可爱之举。谁不曾年少过，骨子里每一个人都仍留存着那份久远的童年情趣。

不要为童年时幼稚无知的话语而发笑，也不要为孩提时异想天开的想法而羞涩，那是童年最天真的表现，也是想象力和未来希望的源泉。

虽然无情的时光带走了美好的童年，但是纯洁的人格却留下了无邪的童心。

每个人都在不同程度上怀有童心，只是平时的各种角色掩饰，让你紧绷着脸，故作正经，不能随心所欲。

但是只要拥有一颗童心，就拥有了一双重新审视生活的眼睛，拥有了纯真的快乐和永不服输的精神依托。

事实上，人们都喜欢与拥有童真之心的人交往，感知着生命的活力所在，感知着生活是如此的美好，感知着与人为善快乐舒展的人生之美。

拥有一颗水晶颗粒般的童心，拥有一份纯净美好的生活，这样的人，不管是大人还是小孩都是幸福的。幸福得近乎神圣，让人心生敬畏和感动。

回首往事，也许有许许多多快乐的事、难忘的事，不论好坏，都是童年最宝贵的记忆。将它们一一收好，因为它们见证了最美好的童年。

习惯了用寻常的眼光看世界，习惯了世俗，目光和心灵便蒙上了变色镜，看不出世界的画意和人生的诗意。通过一颗童心看世界，这世界就一定不同于你之前所看到的世界。

不妨偶尔放纵自己，像孩子们那样玩闹、思考，用童心未泯来生活。用童心去看世界，世界永远是真实而精彩的。

我们成熟，我们理智，但我们又时常用孩童的眼睛看世界，那么的天真，这不矛盾。一个人在思想上足够成熟，能够正视和承受人生的苦难，同时心灵依然单纯，对世界仍然怀着儿童般的兴致。（逝者如斯夫）

>>>

愿你活得很努力，对生活平静相待

总是在安静的时候想太多，然后莫名其妙不开心。不想说话也不想动，别人问起，也不知道该怎样回答，不是假装沉默，只是无力诉说。或许每个人都有一个死角，自己走不出去，别人也闯不进来，我把最深沉的秘密放在那里，没人懂我，我不怪你们。

>>>

亲爱的自己，
即使生活给你一千个伤心的理由，
你也要找一千零一个开心的借口。

不管这世界多么残酷，
都要保持一颗释然的心，
用你的笑容冰释所有冷漠，
睡前原谅所有的人与事，
活在当下，少一些依赖，
照顾好自己，
相信前面的路上总会有不期而遇的温暖。

总有很多东西无法挽留，比如走远的时光，比如枯萎的情感；总有很多东西难以割舍，比如追逐的梦想，比如心中的深爱。

复杂的人生，误解是常有的。不能如人所愿的大概就是人生，经常让人忐忑的或许就是生活。

不要叹息命运的坎坷。因为大地的不平衡，才有了河流；因为温度的不平衡，才有了万物生长的春夏秋冬；因为人生的不平衡，才有了绚丽的生命。

人生路上有很多未知因素，时时改变着行进的方向。一条路走不通的时候，不要眷恋前面的风景，不要回望来时的行程，鼓足勇气转个弯，或许就能转出生机，转出柳暗花明。

不要去拒绝忙碌，因为它是一种充实；不要去抱怨挫折，因为它是一种坚强；不要去放弃沉默，因为它是你最大的魅力。

幸福，有时近，有时远，以为就在咫尺，转眼却在天涯。

有些故事，不一定要讲给人听；有些悲伤，不一定谁都会懂；有些委屈，想通了就释然了；有些伤痛，疼久了就成习惯了；有些藏在心底的话，不想说就没必要说了。

并不是所有的痛，都能呐喊；并不是所有的爱，都能表白。

不去后悔人生种种的安排，不去怨恨生活处处的无奈。人生所有的相逢，不论结局怎样，是悲是喜，都是一种缘分。

散了，愉快地说一声慢走，祝福一生安好；聚了，开心地相处，感谢人生的美妙。

不去抱怨，不去埋怨，人生给予你的已经很好。凡事不必苛求，来了就来了；凡事不必计较，过了就过了；遇事不要皱眉，笑了就笑了；结果不要强求，做了就对了。

生活就是一种简单，心静了就平和了。

有时候，幸福是一样东西，在你费尽周折最终得到的时候；有时候，幸福是一个目标，当你长途奔波最终抵达的时候；有时候，幸福是一次比较，当你看到别人不幸的时候。

更多的时候，幸福是一种感觉、一种心态。只要你领悟了，原来，生活处处都有它的影子。

平静的生活就像一杯白开水，喝起来淡而无味，却不知道正是它的纯净无瑕才让你幸福，懂得生活的人才会在平淡中品出甘甜和幸福。

学会疼爱自己，这种疼爱，不是指物质上的享受，而是指精神上的满足。

不要活得太累，不要忙得太疲惫；想吃了不要嫌贵，想穿了不要说浪费；心烦了找朋友聚会，困倦了倒头就睡。

有话就要说出来，有不满就要骂出来，有情绪就要发泄，有爱就要讲出来。

要知道一辈子很快就会过去，一旦错过，便永远无法赎回，快乐生活才是最重要的，心态平和永远最美。（佚名）

>>>

你对世界的态度，决定了它给你的温度

很多时候我没有安全感，常有嫉妒的情绪在心里萌发，别人得到些什么，我觉得像自己失去了一般。我要对自己说很多别人坏的地方，心里的情绪才能安定一些，我怕别人过得比我好，怕自己过得没有别人好。这样的情绪时常袭击着我。

>>>

亲爱的自己，
不管经历过多少伤痛，
都要舒展着眉头过日子。
偶尔矫情却不矫揉造作，
偶尔“毒舌”却不尖酸刻薄，
不怨天尤人，不苦大仇深。

对每个人真诚，对每件事热忱，
相信一切都会慢慢好起来。

生活还是值得我们深深热爱的，
当你真正明白了，
可能就理解了周遭的一切，
再不会抱怨悲伤，只会安静地快乐。

一个可爱的人，必是能带给他人生命快乐的人；一个能给予他人生命快乐的人，必是一个懂得自尊自爱的人，爱人者必先懂得爱自己。

如果狂欢是一群人的孤单，那么孤单的源头，一定是一群失去了自我的人。把自己的喜怒哀乐系在周围的人和事上，无论多么热闹，内心也是一个寂寞的人。

因为被动的快乐，必然会左右在他人的行为中而失去自我的真快乐。

很多人会否认自己陷入的被动，却又在各种受外界不如意而滋生的寂寞中暗自神伤。有人因为没有理想爱人而寂寞难耐，有人因为没有朋友关爱而寂寞叹息，也有人因为离开的人和事而寂寞怀旧。

由此，各种情绪渲染归结在生活中，各种自暴自弃冲动上演，各种痛苦哀愁一幕接一幕。

也有人因为得到了内心想要的爱人、朋友、人和事，顺利的成就感使其乐不可支，但一旦失去或达不到目标，便使自己落入寂寞的情绪中，没满足之前犹如在万丈深渊，无法自拔。

做不了自己内心的主人，犹如失去自己这个朋友。一个不爱自己的人，又如何信誓旦旦开口说真爱别人？又如何让别人靠近你并相信你能带来生命的幸福快乐？

与其在落寞中伤心，不如在落寞中更爱自己。不抱怨命运的不公，不狂喜命运的偏爱。不断改变自我，自然散发正气光芒，让别人主动欣赏自己。

一个自身充满快乐的人，才能不断带给他人生命的快乐。光阴渐瘦，人渐老，心渐静，就想这样静静地，在心里开出一朵叫情调的花来，不求多么妖娆，只为活出自己的一种风情。

一个懂得自爱的人，必然也是一个热爱生活、在自我不断改进中能带给他人正能量的人。这样的人，谁又舍得错过呢？

一朵花，要倾力绽放。因为花只有努力绽放才能散发香气，你闻到香气追寻，发现它盛开在世间角落也能如此美好。

闻香识人，这香是一个人日积月累默默改变的结果。

内心深处，一定要留一个空间，为自己保留一份优雅，静守一份安宁和澄澈。生活，不只是一种物欲的永不满足和奢求，也应该有一种精神层面的追求，不断充盈自己，享受生活，就应该懂得生活。

当你真爱自己，你会喜欢简单中的静美，喜欢梦幻般的浪漫。应该时时为自己营造一种小情调，让生活过得有诗意、有韵味。

倘若，你真爱这个世界的一草一木，请先好好爱自己，接纳自己这个朋友，共同绽放。（凉夏果青）

>>>

你若光明，世界就不黑暗

我以为有了户口，就能定居；以为有了工作，就能无忧；以为播下了种子，就能收获；以为有了能力，就能被提拔。但是，我有了钱财，也没能快乐；登上了顶峰，也没能征服全世界；堵住别人嘴巴，也没听到赞扬声。快乐成了一个谜，怎么也猜不透。

>>>

亲爱的自己，
生活中，总有辛酸的泪、
失足的悔、幽深的怨、抱憾的恨；
生活亦很完美，
总让我们泪中带笑，
悔中顿悟，怨中藏喜，恨中生爱。

从明天起，率性而行，
继之而悟，随遇而安。

以最自然的姿态和意愿去生活，
你会发现内心深处的快乐，
将不可一世地蓬勃生长。

快乐人生是一半清醒，一半醉；心分两半，一半清醒做事，另一半包容理解。

总会有很多不如意的事情，面对学习、生活中的种种不如意，有的人一味地埋怨生活，变得消沉，有的人则保持乐观的态度，面对逆境迎难而上。

英国作家萨克雷说过："生活是一面镜子，你对它笑，它就对你笑；你对它哭，它也对你哭。"若用乐观的态度去对待生活，就会发现生活原来是如此的美好。

心中没有阳光的人，势必难以感受到阳光的温暖；心中没有花香的人，也势必难以发现花朵盛开的灿烂。

人生，就如同一场马拉松比赛，是一次长途的跋涉，它需要顽强的毅力。漫漫长路，一步一步踏实地走，终能走完。

人生悲喜，本就是看如何落步。对于一块石头，将它背在背上，它就会变成一种负担；若将它垫在脚下，它就成为进步的阶梯。一块木头，可以让它慢慢腐烂，也可以让它熊熊燃烧。

许多人走了，就让他们成为生命中无足轻重的过客；许多事过去了，就让它们成为路过的风景。生活的阡陌中，没有必要让自己背负得太多，淡淡听风，才会走得更轻松。

生命的精彩就在于，把握现在，微笑向暖。给自己一份坚强，擦干眼泪；给自己一份洒脱，悠然前行。

生活终究是美好的，有温暖的阳光，有随风飘荡的白云，有清香的花朵，有的时候不快乐，也是因为自己关闭了心房。

人生如戏，一旦拉开人生的帷幕，便或悲或喜，可能会穷途末路，也可能会绝处逢生，但只要心中充满希望，微笑面对，何必害怕那跌宕起伏的剧情！

人生所有镜头中最美的画面，便是那面对挫折回眸一笑的洒脱……（佚名）

>>> 第四章

你必须进入别人的世界，才能找到通向自我的路

我们终其一生，

就是要摆脱别人的期待，找到真正的自己。

过分看重别人的评价会让你迷失自我，

仅仅是活出了别人帮你定义的人生。

为了讨好别人，

踮着脚尖改来改去，却被别人绑架了人生。

一路走下来才明白，

真正的魅力不是你应该变成谁，

而是你本身是谁。

>>>

永远不要泯灭想飞的心

我好思考，常想很多问题，有时甚至难以入眠；我很苦恼，但又不愿意饱食终日无所用心；我对现实有诸多不满，可为什么那么多人在说好话；我很痛苦，因为很多梦想难以割舍。

>>>

亲爱的自己，
你不清楚为什么而忙，
就会因忙不到点子上而浪费时光；
你无事可做，
就会因无聊纠缠不休而忘了前行；
你心中没有梦想，
就会把蝇头小利当成追逐的对象；
你不知道心中的向往，
就会心里没底越走越心虚。

永远不要泯灭想飞的心，
不要忘记自己飞翔的姿势。

想过这样一种生活：摆脱激情和欲望，心灵冷静而达观。

能够坚持劳作，又可以隐退心灵，保持精神一隅的宁静。让思想严肃、庄重而纯真，让生命甜美、忧郁和高贵。

逐渐学会沉默，因为没有太多闲暇。学会了尽义务，爱孩子、爱爱人、爱父母，爱他们胜过爱那些所谓紧迫的事务。既不被别人左右，也不去左右别人。

想过这样一种生活：遇事不惊骇，不匆忙，不拖延，不困惑，不沮丧，不用笑声掩饰焦虑。对幸运的事情不推辞，不炫耀，毫不做作地享受，失去也不渴求。

每一天的开始，即意味着会遇见好管闲事的人、忘恩负义的人、傲慢的人、欺诈的人、嫉妒的人，但是，不要去恨，反而要怜悯，因为他们知道善恶却无力选择善。

每时每刻都在思考，以摆脱别人的思想，也不把幸福寄予别的灵魂。不去注意别人心里在想什么，像往泥里钻的葡萄根，只关注自己心里在想什么。

不会因为想得到就去伤害，因欲望而引发的罪恶比因失去而引发的罪恶更罪恶。不会因为被排斥和被攻击而愤怒，也不过于欢乐和痛苦，不言行不真诚，不做事不加思考。

想过这样一种生活：不怕死，因为死合乎本性，所以死不是罪恶。只怕生命消散之前，对事物独有的理解如雪冰消。

也知道安宁不是别人给的，没人可以随心所欲，被称赞、被仰望、被逢迎，不等于被接受、被喜爱、被尊敬。

既然什么都比不过心灵的自足，那么被称赞、被仰望、被逢迎就没什么大不了，被仇视、被轻蔑、被诋毁更没什么大不了。

希望能保有野心，还妄想保持完整的灵魂。没有欺伪，不太紧密地束缚和被束缚，又不太疏离地分离和被分离。

尊重自己的意见和看法，尊重自己产生意见和看法的能力，也尊重别人产生意见和看法的能力，只要它从心而发。

想过这样一种生活：抓紧今日起所有的日子，不游荡，不枉费，现在就读以后想要读的书，因为怕到了晚年就没有了精力，记忆力也会衰退。

学会自己帮助自己，不把希望维系在他人身上，就像不拿细缆绳牵住一叶扁舟，怕风大雨大，会把它刮走。

想要隐退，不是从闹市隐退到乡村、从广厦隐退到茅居，山林海滨之地也不是隐退的目的地。隐退是为得宁静，而宁静不过是心灵的井然有序。

有人赞扬，看看他是什么样的人，看看他对自己的赞扬是多么的狭隘，然后让心灵安静下来。时间无尽，赞扬自己的人却马上要消失，想到这里，有什么好得意？

有人伤害，努力把“我受到伤害”这个抱怨丢开，伤害也不存在了。

真的想过这样一种生活——像王者一样沉思。（佚名）

>>>

你愿意做的事，才是你的天赋所在

回首间才忽然发现，原来我一生的种种努力，不过只为了让周遭的人对我满意。为了博得他人的称许与微笑，我战战兢兢地将自己套入所有的模式、所有的桎梏。走到途中才明白，我只剩下一副模糊的面目，以及一条不能回头的路。

>>>

亲爱的自己，
人这一辈子没法做太多的事情，
所以每一件都要做得精彩绝伦。

你的时间有限，
所以不要为别人而活，
不要被教条所限，
不要活在别人的观念里，
不要让别人的意见左右自己内心的声音。

勇敢地去追随自己的心灵和直觉，
其他的一切都是次要的。

大多数人一生的要求其实很简单，做着自己喜欢的事情，与自己喜欢的人在一起，便是莫大的幸福。然而，实现却并不容易。

很多人，看似忙碌，实则迷茫，他们不清楚自己真正喜欢的是什么，他们所做的，是随大流，是按照别人对他们的期许和要求去做。

他们甚至可以很成功，三十出头的年纪，工作稳定、有房有车、结婚生子，一切行进得很平顺。

然而在独处时，他们时常感到怅然若失，总觉得缺了点儿什么，日常的忙碌让他们找不到自己，不得安心。

有一部分人却截然不同，他们可以没有全世界，却唯独不能丢了自己的喜好。当他们沉醉在自己喜欢的工作或是爱好里时，时间对他们来说已不存在。

他们将精力与时间投注其中，不计功利，甚至不强求有个结果。

他们的喜欢是纯粹的，如孩童般，对一切保持好奇与尝试。

每每被问及是否值得，他们笑说：生命本充满了不确定，它让我感到快乐，在做这件事的过程中，让我感觉生命充满了活力。它能让我沉浸、纯粹投入，感到兴奋。

有人说，做自己喜欢的事不会累。有喜好的人，会在一天的劳累工作后，费心思地去琢磨研究一道桌上菜肴，侍弄花花草草，会在深夜读书写字，缝制一个手工小包。

对于喜欢这些的人来说，去做它，不是工作更不是任务，是生活情趣的调剂，是让身心放松的方式，累从何来？

人生长短，弹指一瞬。日常的重复让人产生错觉，会认为一切都来得及，会有时间做自己喜欢的事情。

年轻时，我们给自己制订时间计划，最开始你需要养活自己，挣点儿小钱，不能随心所欲地去做自己喜欢的事情。

也许五年后，你可以重拾梦想，做自己喜欢的事情。五年过去了，手头小有积蓄，然后谈恋爱两年的女朋友要求结婚，你不得不再给自己两年，等家庭稳定了，条件更宽松点儿，一定去做自己喜欢的事情。

两年过去了，小生命来了，你内心喜悦与紧张，对自己说，可以再缓缓，等他再长大点儿，然而这次你不敢给自己设定时限了。

有人说，真正的自由不是想做什么就做什么，而是不想做什么就可以不做什么。

在成长乃至工作初期，迫于生活的压力或是客观条件不允许，有时候你需要做一些不是那么喜欢的事情。或是按照自己不是很喜欢的方式与节奏去做自己喜欢的事情。

这个时期，你需要做的便是，守住自己的初心，坚持心中的梦想与爱好，等待实现的时机到来。

喜欢一件事，你就开始去做吧，即使此时此地只能把它当成业余爱好。你坚持去做了，点滴积累，有一天，它会成为你的专长，成为你可以靠之养活自己的看家本领。

你要去相信，你愿意做的那件事，才是你真正的天赋所在。(佚名)

>>>

勇敢的不是冒险，而是相信自己

生活把我变得越发圆滑，我不再咄咄逼人，能无视的就不去管它；我变得有礼貌，就是该说的话也不想说；我变得有耐心，每天都奋斗而不去管生活得怎么样；我不再善心泛滥，比如见到衣衫褴褛的乞丐会绕道走开……我变得不像我自己。

>>>

亲爱的自己，
很多人忍不住暗自和他人攀比，
一看到别人有成就，
就无比嫉妒、焦虑。

如果洞悉生命，也能了解自己，
就能不受他人影响，继续开心前进。

就好像参加运动会，
跑百米的人无须挂心比举重的人，
赛场不同，完全不需攀比较劲。
你会发现生命的最佳境界，
是安心做自己。

人的一生，就像坐公交车。有的人很幸运，一上车就能落座；有的人很倒霉，即使全车的人都坐下，他还站着；有时别处的座位不断空出来，唯独坐在身边座位的这个人毫无动静；而当你下定决心走向别处，刚才那个座位的人却正好要起身下车。

时间总会留下一些礼物，最好的一种便是从容。曾经那些大哭大笑，回头看来也已平淡无奇。

无论你多么安静地只做你自己，仍然会有人按他们的期待要求你；无论你多么勇敢地敞开自己，仍然有人虚饰出一个他喜欢看到的你。

但无论如何都要记住，你的人生由你书写，不是靠其他任何人的。

不刻意地去追求完美，勇敢地做自己，不要为任何人而改变。如果他们不能接受最差的你，也不配拥有最好的你。

生命中有许多你不想做却不能不做的事，这就是责任；生命中有许多你想做却不能做的事，这就是命运。

千万别觉得自己平凡。你看起来平凡，却真的伟大。因为需要放弃多少诱惑，才能坚持如此的平凡。当你坚持自我时，心里就住着一个英雄。

人生，要面对自己、他人和自然万象。快乐的真谛，多不在得到的欣喜，而在失去后的坦然。再好的东西，你抓得太紧，终会累的。曾经的拥有，要记得感恩；错过的美丽，要懂得放手；精神的高压，要学会承受；直白的生活，要倾心去爱。

人的一生，注定要经历很多：可能有开心的笑声；可能有委屈的泪水；可能有成功的自信；也可能有失败的警醒，但无论怎样，我们所经历的每一段都弥足珍贵。

人生路不必雕琢，只要踏踏实实做事、简简单单做人就好。

生活总带给人一种惊喜，其实你更需要的，就只是在这个过程里，不断地播种和收割自己。生命不必分秒必争。觉得乱的时候，停下来把自己整理清楚。找到了你自己，你的生命才会饱满。（佚名）

谁都曾失望，谁都曾受伤，但人生本就如此，完美无缺只是童话。但是，每个人都有不给自己留下遗憾的机会。

成长，就是在一次又一次远行之中，慢慢看清楚这个世界的模样，然后怀着热爱与憧憬，渴望着去见识更高更远的地方。

有时候日子会很难捱，像头顶乌云行走，无论奔跑、蹲下、闪躲，都没有阳光。但是人生需要自带希望，坚定不移地认为一切都会变好。天上有光，会照到你身上；你心里有光，就会反射到天上。

坚持一件事情，并不是因为这样做了会有效果，而是坚信，这样做是对的。

我们都一样，经历着别人所不能代替的成长。有些伤痛只能自己默默扛着，但有一天，终会明白这一切存在的意义，会笑着感激曾经经历的苦痛与伤害。

生活从来不会刻意亏欠谁，它给了你一块阴影，会在不远的地方洒下阳光。

时间有冲淡一切、带走一切的能力，而我们也有寻回一切、重新上色的勇气。

你会相信那些诸如“信念”“温暖”“梦想”以及“坚持”这些早就老掉牙的字眼，因为，你就是这样的人。

无论如何都要跟着生活的步伐慢慢走，要相信它。毕竟这么多年，每次回头都会发现，它悄悄地把每个契机都变成了奇迹。

谁不曾满怀痛苦地想要逃离世界，谁不曾放肆地去做一些错的事，谁不曾疯狂地去颠覆自己的青春，我们总是不停地去改变，不停地去雕琢不完美的自己，只是为了成就一个更好的自己。

不管别人怎么看，你仍要相信，自己的存在是这世上独一无二的美好。

生命中所有的经历，都是为了造就你和锻炼你。不要总说岁月残忍，它其实温柔了你。

人生中最美好的事情，莫过于在世界的某个地方，找到了曾经丢失的自己，然后在意外中同那个自己握手言和。

每个人都有觉得自己不够好、羡慕别人闪闪发光的时候，但其实大多数人都是普通的。不要沮丧，不必惊慌，在最平凡的生活里，谦卑而努力。总有一天，你会站在最亮的地方，活成自己曾经渴望的模样。

岁月就像一条河，左岸是无法忘却的回忆，右岸是值得把握的青春年华，中间飞快流淌的，是年轻隐隐的伤感。

就是在这一次次的漂泊中，我们终于与自己讲和，既不做无谓的挣扎，也不丧失前行的信念，只是安静地做自己。

>>>

善待自己，就是与自己和解

经常会收到许多善意的提醒，比如你要左右逢源，你要试着与人亲近，你不能总是试图一个人。无奈自己天赋不够，通常只和某些固定的人来往，过微小的生活。当然也因此丧失了许多机会，但好在自己都能释然。

>>>

亲爱的自己，
我们起初都是空心人，
所谓自我，
只是个模糊的影子，
全靠时间和经历来填满。

要告诉自己不要试图去追随别人的方式，
追随自己，
让自己活得舒适才重要。

生活就是这样，
你所做的一切不能让每个人都满意，
不要为了讨好别人而丢失自己的本性。

人生是一幅作品，需要你慢慢品读，如果有境界，掌握尺度，恰到好处；如果有追求，身心自由，心灵快乐；如果有智慧，忘记时间，活在当下。

人生路上，要学会善待他人，也要懂得善待自己。

善待他人，可以让人生走得更远；善待自己，可以让生命活得更滋润。无论是善待谁，其实都是温暖在流转，都是爱在延宕。最终，施及别人，惠泽自身。

善待，本质上就是一种心疼。当然，一个人心疼了别人，也将会被这个世界心疼。

处于逆境的时候，要懂得善待自己。人生就像心电图，当你活得一帆风顺的时候，说明已经没有生命迹象了。

但无论发生什么，都应该记住：即使这个世界没人疼惜你，你也要疼惜自己；即使没有人看得起你，你也要看得起自己。

若能懂得始终对自己好，生命就永远没有失败。善待自己，就是要学会宽恕，不在过去的错误中纠缠；就是要学会让步，不在无妄的贪欲中挣扎。

你能宽恕多少、能退让多少，实际上，就是善待了自己多少。

善待自己，其实就是与自己和解。一个人，若能不跟自己较劲，处处放自己一马，就是置心灵于旷野，给心灵以自由。

人生无法逃避的是生死，难以推卸的是责任。人间有爱，爱心无价。人必须与自己的命运和解，以一种平和的态度享受生活。人生最好的境界是丰富的安静。

内在快乐比名声更重要的是需要回归为你自己，必须为自己的心灵保留一个自由的空间，一种内在的从容和悠闲。

如果你经常读好书、沉思、欣赏艺术，拥有丰富的精神生活，就一定会感觉到在你身边确实还有一个更高的自我，这个自我就是你的人生路上不渝的精神密友。

有的人羡慕你，有的人嘲笑你，有的人嫉妒你，有的人忽略你。可是，那又怎样?

你永远是人生这出戏的主角，其他都是配角。仇人是跑龙套的，朋友是友情客串，爱人是最佳搭档。

别人眼中的你，不是真实的你。

一样的眼睛，不一样的看法；一样的嘴巴，不一样的说法；一样的心，不一样的想法；一样的钱，不一样的花法；一样的人，不一样的活法。

人生的路，要活出自我，活出自信。

钱钟书先生曾说，他以自己羞涩的性格，养成了落落自赏的态度，戚戚焉。我们所追求的美好东西，其实都是瞬间。在过去那一瞬间，它是真实的。花开花谢，顺应自然。

生容易，活容易，生活不容易。更新并审视你的生活，让你的原则是简单又基本，在时间的碎片里创造悠闲。（佚名）

>>>

每个人生下来都是原创，别长成了赝品

为了自我保护，我戴上了面具，来应对这复杂的社会。也许某一刻，我们大家都是善良的，都想卸下面具，做自己，随后面带微笑安静入睡。等摘下戴了很久的面具时，却发现，我的脸早已跟面具一样了。

>>>

亲爱的自己，
你不是被别人丢下的，
也不是为别人准备的。
如果你总是模仿别人，
你所展现的就都是别人可以替代，
甚至别人才是原装的，
难道你不会有一种随时可能被别人替代的恐慌吗?

如果你永远做自己，
你就是一个无可替代的、独一无二的人，
错过你就再没有什么可以弥补了。

身边总是不缺少忙忙碌碌的人，他们作息规律，为了房子车子奔忙，不问世事，穿梭在春夏秋冬几乎不变的时光里，为了不可多得的所谓成功渐渐迷失。

也有人，正好相反，逃避工作，逃避思考，浑浑噩噩，醉生梦死。在这样浮躁的社会里，这也成了常态。

你不知道自己属于哪一种，只是很惶恐地发现，你跟他们一样，都成了时间的俘虏。

满心焦虑，计划总是没能完成，而最后，也沮丧地发现，还是那么累，从来没能彻底放松，连带着身体也问题连连。

曾经的你，无论如何也有话跟自己说；而现在，被挤在时间的夹缝里，再没有闲情逸致给自己写一封像样的信了。

忘记了与自己对话，似乎已经很久没有纯粹地开心过了。

想要改变，必须要找到真正的自己，那才是真正的生命所在。

不是盲目地把时间花费在看似重要却毫无实效的事情上，而是感受内心深处最真实的需求，那些被忙碌逐渐蒙蔽的心之所向。

从现在开始，必须无条件地关注自己，将感觉和注意力完全放在细微的身体和心理感受上，回到自己的内心世界。

这些最个人化的、最独一无二的东西会与自己达成共识，并结成同盟。

要留出一些时间与自己独自在一起，冥想，并写下自己的想法和感受，或者向内心那个成熟睿智的自己吐露心声，充分感受真自己的所有感情和渴望。

要去做一些创造性的事情，或者发展一个新的兴趣爱好，以一种恰当的方式来爱自己。在做选择时，听从自己内心最大的声音，不刻意隐藏，让生活始终以真正重要的事情为中心。

在这种完全符合自己心意的状态下积极生活，不会再隐藏自我的力量，不会再贬低自己，不会试图阻止自己或低估自己的才能，更不会因为害怕别人嫉妒而故意削弱淡化自己的优秀。

要努力获取更多的满足感和幸福感，这正是只有自己才能带来的无法替代的爱。

你会爱上每一个自己，因为已经远离了一切人格面具。不会再做躲在面具后面担惊受怕的傀儡，你珍惜这样完整的生命。

你要认清并遵循心中的完美愿望，重新定义自己的理想，别人不重要的话再也不能阻挠你去做你想做的每一件事，这是你自己的选择，也只能是自己的选择。

想努力去拥有完整的生活，用一种对自己负责的态度来利用易逝的时间，并用坚强的意志来坚守对自己的承诺和期待。

只有自己能激发改变生活的力量，这种力量会带给你前所未有的勇气和决断能力，继而把自己推向正确的方向。

你在主宰自己的生活，也在利用我独一无二的天分改良这个世界。（清醒纪）

>>>

不必因为害怕被误解，而让自己过得很卑微

不懂得自爱的人，是没有能力去爱别人的。常常因为小小的争执，远离了至亲的好友，也会因为小小的怨恨，忘记了别人的大恩，有时候会冷静地问问自己，我到底在追求什么？活着是为了什么？

>>>

亲爱的自己，
愿你成为这样的人，
会经营自己的生活，
享受日子而不是混日子。

拥有洋溢在脸上的自信，长在心底的善良，
融进血里的骨气，刻进生命里的坚强；
聪明但不自以为是，有趣但不哗众取宠。

不因为害怕被误解，而让自己过得很卑微；
不在意别人的评价，活出真正的自己。

生活中，遇到来自外界的伤害是难免的，可是，有种伤害却是自己强加的。

为了一个小小的职位，一件小事，甚至是为了他人的闲言碎语，你发愁、发怒、认真计较，纠缠于其中，久而久之，心灵被折磨得千疮百孔，对人世，对生活，失去了爱心。

人生从青涩朦胧走向成熟，品尝了生活最初的新奇。待成熟之后，可以风花雪月了，又套上了生活的枷锁，家庭、事业、儿女，如背负泰山一样俯首前行。

当眼角出现褶皱，鬓发已现霜花，回首一路的足迹，喟然长叹：这就是人生吗？

生活在喧嚣的城市久了，心就变得浮躁不安，甚至冷酷无情。好多时候，想找人倾吐心声，却一个也找不到。

人跟人之间好像都隔着壳在交往，阿谀奉承倒是很受欢迎，实话实说却会成为大忌。

所以只能自己抱着自己，你不坚强没人替你去扛，你不冷静没人替你去挡，你无力应付虚伪证明你还需成长。

不如将自己张扬成一轮满月，把眼角上扬，将岁月赐给自己的礼物珍藏，等待命运连本带息的补偿。

人们总喜欢四处寻找出路，其实，很多时候路就在你的脚下，只是你总喜欢将目光望向远处。结果如何，全看你如何走。

最多人走的未必就是一条好路，很少人甚至没有人去走的也并非就是很差的路。到底应该走哪条路，又或者哪条路更适合自己，谁也不会预先知道。

人就是在矛盾和迷惘中走完人生之路，最后却连一个答案也得不到。

回望走过的路，有过憧憬，有过激动，有过忧伤，也有过无限的快乐。自己热爱过、追求过、努力过、奉献过。

虽然收获的不都是成功和欢笑，也体会过失败的滋味和泪水的苦涩。但始终坚信，只要积极地面对，人生就有意义。

也许有的时候很努力了也达不到预计的效果，也许有的时候怎么做也做不好，也许很多事情不是我们可以掌握的，不过没关系。生命必须有裂缝，阳光才能照得进来。

学会享受生命，避免拖着生命往前走，是人生最好的选择；习惯于无人欣赏，不把自己活给别人看，是人生的智慧。

没有人希望自己活得浑浑噩噩。若想活出生命的真意，享受意气风发的生活，就必须靠自己把握方向，不为外力所控。

生活不是用眼睛来看的，它需要用心去感受。眼睛可以欺骗我们，也可以被一片小小的树叶遮住，心却永远不会。在生命的路上，即使命运不宠你，也别伤害自己。

生命有无数种形式，活法不止一种。别人看着自然，自己活得别扭是一种；自己活得自然，别人看着别扭又是一种。

过自己喜欢的日子，是最好的日子，活自己喜欢的活法，是最好的活法。（佚名）

>>>

不是疯狂，只是不擅长投降

曾经有过这样的时刻，不被人理解，常常还要低声下气。想逃跑，想放弃，觉得一切的努力都是徒劳，认为重要的不再有意义。起初，我揣着糊涂装明白，后来，我揣着明白装糊涂。并不是我愿意活得不明不白，只是好多事情，一用力就会拆穿，一拆穿就会失去。成人的世界，总是这么脆弱。

>>>

亲爱的自己，
关于这一刻，真的不必做任何决定。
正如在漫漫黑夜中等待黎明，
你需要的只是满怀信心地等待这一刻成为过去。

生活不会放弃你，命运不会抛弃你，
如果耐不住寂寞，你就看不到繁华。

人只有将寂寞坐穿，才可以重拾喧闹；
把悲伤过尽，才可以重见欢颜；
把苦涩尝遍，才会自然回甘。

刚好处在这个尴尬的年龄，开始关心爸妈，却不愿说出口；想多陪陪他们，却更贪恋坐在电脑前。

知道爸妈想和自己说话，却不知道他们的话题要怎么接；看得到爸妈在变老，却仍不耐烦他们的过时。心里时时刻刻在愧疚，很想他们可以一直陪着我们，却依然带给他们落寞。

别忘了，我们是一路向前走的，走过了也就错过了，唯有珍惜即时的拥有，生命的记忆里才会少一些悔与恨。

小时候拼命想长大，长大后才发现还是童年最无瑕；读书时连做梦都想工作，工作后才明白还是寒窗时光最让人留恋；单身时羡慕别人出双入对，结婚后才懂得单身的自由也是一种无比的幸福……

你总是忘记了，幸福不是获得自己还没有的，而是认识和欣赏自己所拥有的。

真正的幸福，不是依赖任何外在的人或事物，也不是来自变幻无常的情绪与感觉，而是心的一种清楚、愉快与平静的状态。

任你再绚丽，亦不会永恒；哪怕再眷念，一样会凋零。你要做的，只是看淡些，且行且珍惜。

然而，你常常是：看不到希望，放弃；对自己没信心，放弃；还有其他选择，放弃；付出代价太大，放弃……放弃如此容易，可以有很多的理由，可坚持只有一个理由——我想要。

一个人只要知道自己真正想要什么，找到最适合于自己的生活，一切外界的诱惑与热闹对于他就成了无关之物。

为了自己想过的生活，要勇于放弃一些东西。若要自由，就得牺牲安全。若要闲散，就不能获得别人评价中的成就。

若要愉悦，就无须计较身边人给予的态度。若要前行，就得离开你现在停留的地方。

你的身体尽可能在世界上奔波，你的心情尽可以在红尘中起伏，关键在于你的精神一定要有一个宁静的核心。有了这个核心你就能成为你奔波的身体和起伏的心情的主人。

生命是一个漫长的过程，每一寸时光都要自己亲历。外表上可能很简单，只有很少几件衣服，一日一餐就满足了，然而这并不是朴素。

如果你的心能容纳无限的经验，那么尽管饱经世故也能保持单纯，这才是朴素。

你的潜能就好像你的咨询顾问，如果一开始你信任它，它就会越来越努力，为你做越来越多的事情。

但是如果一开始就不信任它，而去依赖其他的东西，它就会慢慢远离你，在你需要用的时候，它也不会再来。

请你一定要相信自己，一定要接受和喜欢自己的样子。如果你想要做的不是长辈所控制你的样子，不是社会所规定你的样子，请你一定要勇敢地为自己站出来，温柔地爱着这个世界，然后把世界变成你的。（佚名）

>>>

你不必伟大，只需不违心

明知时间有限，但我还是经常轻易浪费它。我生活在别人的世界里，被一些条条框框限制，按照别人的想法来生活。别人的观点常常淹没了我自己内心的声音。有时候，我的内心和直觉已经知道了我真正想要成为什么样的人，但总是没有勇气遵从内心和直觉。

>>>

亲爱的自己，
温柔地对待自己，
聆听灵魂最深处的声音。

想要幸福就争取，
想要远方就出发。

人不可能同时走在多条路上，
有选择就会有舍弃，
你注定不能拥有全部。

到底是更喜欢在路上漂泊的感觉，
还是更热爱在工作和家之间两点一线的安定，
你现在过着的生活或许可以说明一切。

生活在这个世界上，各有各的精彩，各有各的乐趣，万物皆如此。人生的第一天职是什么？答案很简单——做自己。

世界上既然没有相同的两片树叶，那么这世界虽然有几十亿人，但“我”只有一个，没有谁能取代。所以你必须做自己。

要安静下来，聆听内心最真的声音，问它想要什么。

如果世界没有很好地对待你，你就要好好地对待自己。听听从身体和内心发出的声音，它是最忠实的伙伴，知道如何指引你更加舒适从容地活。

那个不爱你的人，带给你眼泪和屈辱，为什么还要爱？那份不喜欢的工作，又累又不快乐，辛苦与收入不成比例，为什么要继续？如果觉得累了，为什么不顺应自己放个大假休息休息。

你太习惯于听他人的话了，听从自我的意愿反倒变得很难。总会有人抱怨说，为什么做自己喜欢的事情那么难呢，很想去哪个地方，想了好久都没去成……

意识到所有事情的出发点在于自身，生活中会少许多抱怨。要知道，当你做一件事，它绝对不可能无缘无故，也绝对不可能是从旁人出发。

在经历的生活中，应当举不出一件事情是违心而为，因此你十分甘愿为自己的每一个行为承担结果，并负上责任。

反之，当你总是压抑忽略内心的需求，它们在不断累积中会变成不良的因素，择日将引发灾难。不善待自身，又怎能责怪周遭世界的冷漠。

你没有宏伟远大的理想，但你每天都在认认真真地生活着。

也会迷茫，但不会逃避现实；也会怯懦，但不会丢掉必要的勇气；也会冷漠，但遇到对的人，同样也会燃烧。

别人的追求你不以为然，成绩你不艳羡，因为你的快乐在于自己。

顺应自己不是所谓的软弱，更不是向命运妥协，和自己相处，你逐渐学会了了解和接受，尊重和善待，能帮助自己以同样温柔的心去体谅、宽待身边的人和世界。

对于生命中的一些美好的企盼，不必一味地执著不放，安静地把那些没能实现的愿望，那些没来得及说出的话，悄悄地存放在心里的一个角落，尘封。

人总是要往前走的，你希望在欣赏沿途风景的同时，也能成为别人眼中的风景。所以你只做你自己。

虽然地球没你照样转，但世界有你不一样。你想在有限的人生旅途上，留下独特的痕迹。

你会坚守自己，经营好自己的生活。不仰视，不自卑，不自命不凡，做自己喜欢的事，交自己喜欢的人，走自己喜欢的路。

当岁月的刻刀把年轮刻满你的额头，你会自豪地对世界说，我真实地生活过，骄傲地行走过，我这一生最大的成就，就是做了真正的自己。（佚名）

>>> 第五章

每个人闪闪发光之前，都会在黑暗中蛰伏很久

年轻，蕴含的能量总是巨大的，

哪怕生活带给你再多负能量，

最终也难敌那些傻乎乎的朝气蓬勃，

迎来振奋收场——因为你还有很长的以后。

别试图强迫自己，

总该有一段日子是用来浪费的，

总要有无能为力的不愉快，

让你短暂停留，

在今后闪闪发光的时候让你怀念。

>>>

我喜欢这个世界是柔软的

现在的我，趋之若鹜般地对照着生活，快马加鞭地追赶标准答案，憔悴而不知所措。怕自己会被落下，争先恐后地想要和别人拼出个你死我活。生活失去了重心，为了自己的目标过分用力了，从而忽视了生活中其他很多美好东西的存在。

>>>

亲爱的自己，
人生总有那么大片大片空白的时光。
你在沉默、等待、坚守，
你在静候一场春华秋实，
期盼新一轮的春暖花开，
享受从未有过的雷霆万钧。

这空白的日子有些长，有些闷，
无论发生什么，要先善待自己。

活好每一天，每一个细节，
睡前感谢自己今天的一切，
时光会给你额外的惊喜。

从前，那么慢，那么美。

从前的脚步好慢，从一个村子，到另一个村子，要走一天的时间；从前的日子很慢，很暖，裹在淡淡的烟火里，日日年年。

从前的手帕也好看，最是那低眉的女子，精致的，一针一线；从前的爱情很慢，慢的，用一辈子去等一个人，慢的，一生只够爱一个人。

现在快，快到每天早早起床，来不及说早安，来不及拥抱；在城市，五分钟，茶余饭后的那一点点闲暇时光，就变了一个样。

其实，与时间无关，是心理在作祟。怀着一份平和，到图书馆选本书，在旧宅里逛一逛，老了时光。

暂且搁置现在的烦闷，去公园，闭上双眼，任那些美好将自己淹没，放空那个美好的世界，静静享受。

喜欢这个世界是柔软的，一场雪不会压伤另一场雪，最深层的那些雪花，也还是乍开放的完整，清洁；一个人不会伤害另一个人，最皱的一张脸下面，也还是叶芽一样的善良、天真。

喜欢这个世界是柔软的，可以抱着满怀的花朵，走过漫山的荆棘，没有灯火的长街，走过一个一个惊醒的冬夜。西风不和西风比凉，冬雪不和冬雪比寒，刀不和剑比锋芒，今天不和昨天比忧伤。

当静下心来的时候，会听见下雪的声音，树叶的低语和夜的叹息，以神奇的觉知，感受世界。

落日会因此停得更久，经常走的路，会突然间笼罩金色。生活是如此的美好，每天视而不见的水杯也变得神圣，你将以包容的心慈爱一切生命。

当静下心来的时候，时间已然停止，在自己的世界里，会发现整个宇宙的奥妙，可以安住在宇宙的任何一处，一处庭院，一间陋室，一杯淡茶，以淡泊的心全然享受生活。

当静下心来的时候，脚步如此轻盈，就像蒲公英在空中飞舞，生活变得如此美好。

想发自内心地感恩所有，心中安详、自在，无一丝的挂碍；慈悲和智慧油然而生。你的爱就像饱满的稻穗，只想给予、分享，你的喜悦，就像无尽的光明，遍满虚空。

你可以在时空中随意漫步，宁静是你最美的享受，寂寞是你最好的朋友，四季变得模糊，时间失去边界。

对于时光，你无法解释对它的理解，但确切地说，它教会了你太多的东西。淙淙的流水流过，站在原地，你无法知道它此刻流向了哪里。

同样，时光飞逝，你依然不知它何时带你漂洋过海，来到了此时此刻。

无论从前多慢，无论现在多快。你知道，脚下的土地和身边的爱着的人，无论从前还是现在，都要尽全力守护。（佚名）

>>>

命运会厚待温柔多情的人

越来越发现，能在午夜十二点睡觉是特别难得的事，身体某处经常莫名的疼痛，发出“老了”的感慨。有些事，五年前做起来是有些困难，现在做却是完全不可能，有的好友，想见一面变得特别难，对时光飞逝的理解就是，今天是月初，一转眼就是月末。

>>>

亲爱的自己，
当有人突然从你的生命中消失，
不用问为什么，
只是他到了该走的时候，
当有些事你再怎么努力，
也没法做到满分的时候，
你只需要接受就好。

所谓成熟，
就是知道有些人、有些事终究无能为力。

小时候，多么希望自己是世界的中心，意气风发，独步天下，可以成就一番事业，可以获得很多人的称赞，可以光宗耀祖，可以拥有整个世界。

长大后，这些幻想淡了很多。

每个人都会犯错，无论怎么努力，都有完不成的工作，有避免不了的低级错误，有承受不起的项目，有赚不到的钱。

无论怎么提升自己，依然会有人对你指指点点，否定你，甚至让你难堪。无论你如何想得到领导的赏识，得到同事和朋友的喜欢，多么想证明自己的能力，最终只发现——最多满足一点点。

而且这一点点可能还是幻象。

你不得不承认，自己终究不是世界的中心，也没有太多能力。

以前你会因为自己不好而自卑，因为自己工作能力差、赚钱少、朋友少、缺点多等诸多自卑的理由。后来发现其实自卑，是因为太渴望变好而产生的，是对自己现状的一种排斥。你太渴望对世界有种掌控感，一旦有失控感就会陷入自卑。自卑和挫败的本质就是一种自我中心，你不愿意放弃自己是世界的中心。

可是当你长大，终究要面对这个世界。生活这项任务的复杂程度，远远超出了你的想象，远远超出了你在十五岁以前学习的任务。别人对你的评价标准也不再像是以前那么单纯，只关注成绩。

努力了半天，最终却发现了三个事实：即使努力，也还是有些事做不到；即使做到了，也还是有些人看不到；即使看到了，也还是有些人不在意和不喜欢。

世界那么大，而你和你的标准，只是其中渺小且平凡的一个。

人一生的成就有些靠天分，有些靠运气，有些靠努力，而人所能掌握的仅仅只是自己的那一分深情与用心。但是，这一分深情与用心才是人生最重要的价值。至于成就，只能尽心而知命，无须过分在意，更不需要急着在年轻的时候判断自己的天分与价值。

成长，就是放弃自我中心，放弃全能感的幻想。你不过是和他人一样，非常普通、平凡，又有着无奈，还有缺点。

你无须骄傲，再大的优点和成就，在他人那里也不过是平凡，都跟他无关。你也无须自卑，他人再大的优点和成就，也无须羡慕，他同样有着自己的悲哀和难过，幸福感并不比你强。

这并不意味着要放弃努力。成年人最大的特点应该是承认自己的无能感，即使什么都做不了，成不了他人的焦点，但你依然会去做。

坚持做的目的，已经不是为了要证明什么。如果要证明，那么你也只愿意证明给自己看。至少，你不再对结果那么执著，达不到完美，并不意味着放弃。你不需要完美结局，不需要什么都做不好，但你可以无限趋近于问心无愧。

当你刻意想要去优秀，想要去获得别人的认可。你依然是在背负，背负着一个全能感的梦，企图把自己变回到孩童时代的自我中心，这是一种退化。当你去追逐孩童时的感觉的时候，就已经背叛了现在的自己，失去了自由。

你只需努力，无须太刻意。你要做的，只是把自己放回到那个位置上，坚持让自己进步。至少，你可以活出自己，在自己的世界里成为中心，而不必再被所谓的优秀、标准等控制。

也许某一天，你突然发现自己长大了。每一年回头看看，就会觉得人生不一样了。

以前你有一大堆朋友，现在你只有少数的好朋友；以前你觉得自己很棒，现在发现即使再怎么努力，终究还是有些事令人无能为力；以前总想这一生还长，现在发现十年八年只是指缝之间。以前你感觉放手很难，现在你学会了舍弃……

所谓成长就是一个发现自我、接受自我的过程。你在反思既往的一刹那：一次流泪，一场挫败，一段无疾而终的恋爱，突然之间发现自己长大了。

你做过的所有努力，跨过的每一道坎，只不过是为了让自己成为更好的人。

成长是因人而异的，它与背景经历有关，愿你能摸索到自己脚下的路，不辜负每一段岁月。

要是再有人问你，如果看不到确定的未来，还要不要付出？希望你会说，并不是每一种付出都是在追寻结果。有时在付出的路上能够收获的，是清楚地看到了自己想要的，或者不想要的，这又何尝不是一种宝贵的结果？命运会厚待温柔多情的人，好过冷漠的一颗心。（佚名）

>>>

请走慢一点儿，等一等灵魂

我迷茫地走在路上，看不到前面的希望，苟安于当下生活，不知道明天的方向。不知不觉间，我在生活中背离了自己，说着言不由衷的话，做着并不顺心的事，被诸多的欲望追赶着脚步，没有幸福感，没有安全感，茫然而混沌。

>>>

亲爱的自己，
人生若茶，生活似水，
生活太忙，生命太短，
忙累了，就歇一歇，
走急了，就缓一缓，
和自然对话，和自己微笑。

有人发呆，有人傻笑，
有人迷惘，有人疯狂，
有人专心恋爱，有人边走边唱……
世界就在那里，所以，你慌什么呢?

昨日悄然流逝，未来还在远方，
让我们慢慢过去，不必心急。

不知道从什么时候开始，我们都变成了路上那个匆匆而去的背影，似乎每个人都很忙，忙得像一只一刻都不能停止旋转的陀螺，步履匆匆，无暇侧目。

没有时间与家人吃顿饭，没有时间与朋友聊天，忙工作，忙升职，忙找钱，来不及体味生活，来不及静品午后的时光。

读书看报，喜欢浏览标题。一目十行，囫囵吞枣，没有心情去领悟书中风物人情的细致，变成了名副其实的“标题党”，因为忙乱，所以心安理得地停留在浅阅读的层面上。

出门旅行，喜欢跟团观光。因为可以省却旅途中的诸多琐事，比如订票、住宿等，像行军打仗一般，混在人群之中，来去匆匆，上车睡觉，下车拍照，到地儿购物，看过什么，当然不知道。

经常给父母打电话，却很少回家。打个电话问候一下，便心安理得，方便快捷省事，代替了回家开车堵车的心烦与纠结。

能够听听儿女的声音，当然也很好很幸福，但天下父母最盼望的事情，还是能够和孩子一起吃顿饭。

经常和朋友聊天，聊过之后却不知所云。朋友遍天下，打开手机，永远不知道哪个朋友能和你见面聊天，就算见过面，聊过天，仍然会把朋友甲当成朋友乙，把朋友乙当成朋友甲。

天天和爱人在一起，却记不得她前天说过什么话，记不得她今天换了什么衣服和发型。

似乎每天都很忙，似乎每天都在追赶什么，可是若要较起真来，问自己在忙什么，追赶什么，又无从作答。

真的不知道从什么时候开始，我们无视路边开满鲜花的树，忽略了小桥流水的灵秀，来不及去品味亲情之暖、爱情之美、友情之甘，无暇体会生活中种种细节带给我们的感动。

半夜醒来，瞪着天花板，忽然看见自己，一个人踽踽独行，有些孤单，有些凄惶。不知道自己想要什么，想去哪里。

仿佛什么都想要，却一直是两手空空；仿佛哪里都想去，却一直停留在原地。

其实，对于这个世界来说，你就是一个人，可有可无，可多可少，可是对于某个人来说，你却是整个世界。活仔细一点儿，活认真一点儿，是对自己的期望，也是某人对你的期望。

古印度有一句谚语：请走慢一点儿，等一等灵魂。这些年，身体一直不停地奔走，而灵魂却一直在不远处若即若离。

让自己慢下来，用头脑的平静抚平狂跳的心，在一天的迷茫中，用山丘般永恒的宁静，用记忆中欢唱小溪的美妙音乐，驱走神经和肌肉的紧张。

每天提醒自己，比赛并不是最快的人赢，生活中有比提高速度更多的内容，让自己每天仰视那高塔般的橡树，明白它生长得又高又壮，是因为它缓慢而健康地成长。

请带上灵魂赶路，带上心去生活，不妨试一下，生活肯定会变成另外一番景象。（佚名）

>>>

每个人都可以选择让自己舒服的生活

我明明知道放下一切就可以轻松上路，但是却坚持背负一身破铜烂铁把自己累得够呛。那沉甸甸的重担里装满了无可救药的偏执，被别人掌控的安全感，不受控制的焦虑，毫无希望的坚持。

>>>

亲爱的自己，
你要试着与世界握手言和，
温柔地向世界妥协。

或许是目睹了生死才让我们恍然大悟，
自己有多么想要停下来，
成为一个有用的人，
原则没那么重要，
底线没那么死板，
妥协也不代表软弱。

让自己松弛下来，
才能从沉重的过往中解脱出来。

曾经匆忙地想要长大，现在明白过来，长大并不只是年岁的增长，或扔掉怀里的玩具。有的人到了四五十岁，做出的事依然幼稚。

曾经匆忙地追逐名利，现在明白过来，能带来真正快乐的名与利，是在一定温饱基础上，受到别人尊重与心灵富足。

多少富人手握黄金却郁郁寡欢，而平凡家庭的善良夫妇，推着早餐车，迎接每一个充满希望与温暖的日出。

曾经匆忙地要和大集体一模一样，现在明白过来，大家都称赞的，未必有那么好。找到节奏跟随心走，哪怕前方没有路，也能慢慢踏出一条属于自己的轨迹。

曾经匆忙地念书，现在明白，读书并不是为了一张学历证书。

许多人的青春，未曾认真思考，便在熬日子与啃教科书中度过。毕业后依然找不到工作，心浮气躁不断恶循环。

曾经匆忙地要挤进“铁饭碗”行列，现在明白过来，安全感与自由并不矛盾，自由是有能力去选择想要的生活，而安全感，恰恰在于既能随心得到快乐，也能用意念指引它。

没有哪个饭碗是“铁”的，也没有哪个人的青春注定不动荡。

曾经匆忙地以为“走后门”是理所当然的，现在明白过来，坐在自行车后座的和自己会骑车的，哪怕同一时间到达终点，差距也很大。

会骑车是一辈子的，想出发就能随时出发，而搭车的人，却把原本学车的时间加倍花在寻找骑车人上。

曾经匆忙地奔赴外面的世界，现在明白过来，风景与美好其实身边就有。我们急切地要去看别人的草原和树林，因为我们害怕被落单，被认为是慢下来的傻瓜。

曾经匆忙地梦想拥有爱情，现在明白过来，爱情或许不能强求缘分，慢慢来，会来的自然不会爽约。

我们都忘了，在没有成为更好的人之前，不值得拥有更好的人。而且，即便那个人来晚了也没关系，还有一辈子可以幸福。

三十岁之前赶着做许多事，现在依然在匆忙追赶。

匆忙变成大人并不好玩，要慢下来，享受每一个年龄阶段的独特魅力；匆忙追名逐利并不能带来真正的荣耀，要善待爱你的人，那才是最大的骄傲。

匆忙跟随大集体并不是唯一的路，要与不同的人为友，去了解感受他们的喜怒哀乐；匆忙把书念完并不意味着学习的终止，深入探究所喜欢的事物，会带给你一个惊喜的未来。

匆忙加入“铁饭碗”行列并不能带来安全感，应该为了有资格胜任一份好工作，不怕吃苦多点儿历练，无论结果如何，收获都是自己的。

匆忙地尘埃落定并不说明幸福是一劳永逸的，蝴蝶展翅之前，需要在黑暗中耐心守候，并经历破茧而出一刹那的痛楚。

快，未必带来好的结果。慢，也并不那么糟糕。（嘉倩）

>>>

如果走得太远，就会忘记为什么出发

人们总是背着沉重的行囊，朝着同一个方向，匆匆忙忙，似乎落后了就要受到惩罚。我同样是在这个加速的世界里停不下脚步，每一天仿佛都是在穿越时空，时空隧道上的人和景，飞速变换着离我而去。我害怕，时间正在慢慢地咀嚼吞噬我，而我却无从反抗。

>>>

亲爱的自己，
疲惫的时候，就停下脚步，
遥想追逐的远方，汲取力量再上路；
困惑的时候，就停下脚步，
梳理纷乱的思绪，驱走迷茫再上路。

痛苦的时候，就停下脚步，
抚平心中的伤口，擦干眼泪再上路；
放弃的时候，就停下脚步，
做出艰难的取舍，打起精神再上路。

有时我们停下脚步，
只为走得更远。

总是那么不安分，走得那么匆忙，当有一天忽然停下脚步，竟然忘了是什么时候出发的，自己又将去向何处。

生活中，有很多美不胜收的体验，因为太过平常和多见，反而让人忽视了它们的存在。那么，不妨放慢你的脚步，你会发现，其实美好与快乐，就实实在在地存在于你身边。

其实，每个人都只是掌握着自己一半的命运，另外一半的命运在生命本质那里。

当你失落窘迫的时候，也别忘了有一半的命运在自己手中，你不是命运的随波逐流者，你可以用一生的时间去寻找另外一半的命运。

在这样的寻找中，你会体会到幸福快乐的喜悦，突破荆棘前的期待体验，以及没有到突破口时的困惑与迷茫。所有这些，组成了你一生的命运。

永恒的幸福和快乐与外部的一切都没有任何关系，短暂的快乐只是你行色匆匆的瞬间感悟。

你的追求似乎从来都没有得到过正确的答案，你在众多财富和名利面前显得那样的虚伪与张狂，可这些财富和名利并不能给你真正的答案。

是不是拥有了这些光鲜的东西就幸福快乐了？是不是物质的贫困就一定会让人过得不快乐？

幸福快乐与否和这些没有关系，一旦用钱和名利去解决问题，就已经走得太远，而忘却了生命的本质是不需要负载外在的东西。它就是那么简单和纯正，一切都泰然自若。

是的，走得太远，忘却了放慢脚步，走得太急，忘却了为什么出发。不能放下，是因为“拥有”得太多。

尽管我们不是圣人，无法走到彻底的大悟，但我们可以一点一点去尝试改变，去体会那种愉悦静合的逐渐平复。

因为，每个人都可以活在当下，这是你的权利。

如果不能放下，那么就请放慢，如果走得太远，就请回归，让幸福与你同行。每个人都可以尝试去做，每个人都可以体验到开启后的至善至美。

你最初出发时内心最真切的寻找就在幸福那里，这就是你寻找幸福的生命本质——只不过，因为走得太远，走得太急，你无法自知罢了。

当你觉得幸福和快乐很难找到的时候——前提是你的确用心地去寻找，并且成功地开启过，在你不去寻找的时候，幸福快乐自然就回归到你的内心深处了。

这时候，你再去处理生活和工作、人生和命运之间的问题，一切都会变得泰然自若。记住，此时此刻，你正幸福地活着，找到如何进入现在的入口了。

这就是你一直想要的生活，只闻花香，不谈悲喜，喝茶读书，不争朝夕。阳光暖一点儿，再暖一点儿，日子慢一些，再慢一些。（熊显华）

>>>

让每一个平凡的日子闪闪发亮

总是很累，因为常常徘徊在坚持和放弃之间，举棋不定；总是觉得没有时间去静心读一本好书，去看一部好电影，去运动，去放空，去写一篇文章，去学一门技术，后来才发现，我没有的其实不是时间，而是做那件事时那颗安静而不浮躁的心。

>>>

亲爱的自己，
岁月就像一条河，
左岸是无法忘却的回忆，
右岸是值得把握的青春年华，
中间飞快流淌的，是年轻隐隐的伤感。

世间有许多美好的东西，
但真正属于自己的却并不多。

在这个纷扰的世界里，
能够学会用一颗平常的心去对待周围的一切，
也是一种境界。

在这个世界上，每一处都匿藏一道独特的风景。人生就像一场旅行，不必在意目的地，在乎的是沿途的风景和看风景的心情。

我们都是匆忙的旅人，有着各自的目标，朝向不同的方向，开始人生的旅行。走在路上，却不断印证这样一句话：得不到的才是最好的。

总是自命清高，认为自有一套原则，并不会为外界左右，放眼观察，作为当局者又有几个是清醒的呢。

而当别人证明了这句话时，那些所谓的旁观者又有几个不是暗暗窃笑，笑他人的傻和痴，同时又沾沾自喜，自以为很高尚，不会犯同样的错呢。

我们有太多“得不到”：健康、笑容、幸福、亲情、友情、爱情、事业、金钱、名誉。但是，并不觉得它们来之不易。

对爱情的追求超乎爱情本身。当你不曾拥有时，觉得能有个志趣相投的人，可以聊聊体己话，能够疼爱自己就够了。

而拥有了爱情以后，便被表象迷住了双眸，被世俗的偏见蒙住了双眼，于是，已经得到的不再珍惜，转而去追寻不属于自己的幸福。

总是忽略家人的爱。没有人有义务始终对你好，没有人有义务始终陪伴你左右，更没有人有义务忍受你的坏脾气……

你总是忘记了这坚强的后援，忘记了他们的付出，忘记了自己在一味地向他们索取。

是不是要放慢奔跑的脚步，停一停，看一看周围，看看慈祥的父母，你能为已经不再年轻他们做些什么，哪怕捏捏后背、揉揉肩，哪怕做做饭、洗洗碗。

如果可以，请在睡觉前给自己一句“晚安”，因心安而安；如果可以，请每天给自己一个起床的理由，因为生活从起床开始。

如果可以，试试阅读。因为你无法过一千种生活，阅读却可以向你展示一千种人生，一万里之外的世界；如果可以，尝试写作。阅读使人了解外界世界，写作能使人在纷繁的世界找回自己，沉淀自己。

生活充斥了太多的噪音，你过惯了匆匆生活，而一个人最难得的是能安静下来，倾听自己的内心，了解自己的想法。

最美的风景，不一定隐藏在最引人注目的角落；最不好的风景，不一定潜伏在最不引人注目的角落。

听听耳边的虫鸣，想一想是否已经有很多年没有静下心来听听这天籁之音，甚至都不记得世间还有这么一群可爱的小东西；再闻闻路边的花香，呼吸来自大自然的香气。

你忽略了太多美丽的风景，如果一直向着远方的目标不断奔跑，忘记了初衷，等到达目的地时才发现自己已经未老先衰，周围物是人非，那么付出还有什么意义。

趁着一切都还在，稍微放慢些脚步，领略沿途的风景，想想自己的初衷，再开始旅行。（佚名）

>>>

慢生活是有底气的自给自足

有时候突然间感到很累，全身心疲惫，连话也懒得多说一句，对什么都觉得无所谓。半夜醒来，面对满屋子浓浓的黑暗，茫然不知所措。翻遍所有的影集和亲友的通讯录却找不到自己，累了，是心累了。有时我沉默，不是不快乐，只是想把心净空。

>>>

亲爱的自己，
我们早就在透支生命了，
如果把童年再放映一遍，
我们一定会先大笑，然后放声痛哭。

生命里有些时光是用来疾走的，
有些则是漫步细酌的，
还有些是用来揣在心底怀念的。

每个人都是时光里的尘埃，
行走在旅程中，
有时候淋湿了自己的身心，
有时候又被阳光暖着一切。

走过的路，会不会绕成一个圈，回到原点。

林徽因曾说："真正的平静，不是避开车马喧嚣，而是在心中修篱种菊。"平静，应该是一种淡淡的祥和，不试图在人群中寻找温暖，而是守随缘之态，静享岁月，不去取悦他人。

岁月抵抗不了渐老的节奏，我们都由起点向终点漫溯，在成长中跌跌撞撞。

而念旧的人活着就像个拾荒者，抓着过去不舍得放弃，心里堆满了捡回来的曾经，于是空间小了，便只能把自己的心撑大。

在某一天，不免地要遗忘过去，挤出一丝空白，去憧憬另一个世界的恬静，仿佛开始妥协着某些事情，这样的一种心情又该如何不缱绻？

喜欢慢慢地做事情，比如慢慢地喝茶，慢慢地品读喜欢的文字，慢慢地想一个人的时候，时光仿佛停住了脚步，在等你，等你百转千回后的嫣然一笑，优雅缓缓地挂在眉梢……想来，许多美好的事物，必定是在缓慢地认知后才得以明白。

好像在读一个倾城的爱情故事，读了一整天还迟迟不肯放下，不是故事未完而是人无法从剧情中抽身。

书本里的故事，不一定真实，却能够让爱情缓慢地住下来，一千年、一万年甚至更长久。后来慢慢懂得，真爱是在同甘共苦中积累的，不是嘴上的山盟海誓。

一直觉得慢是跟不上时代的冗长，不曾想慢原来也这样的优雅和娴静。

风景如画，慢下来的时光，真好。

多想身在其中，赖着不走，然而好时光总是短暂，该来的都会来，该走的也会走，无可强求，唯能给时光一个浅浅的回眸，给自己一些勇气去坚定自己完成之前的选择。

你的生命就是你的家，因为自己的不坚持，却让别人进来布置，但是不要忘了，在里面住一辈子的还是你自己。

固执地行走在似乎既定好了行程的路，每天机械地循环往复，兜兜转转，试图找寻着唯一的终点，惊觉不过是在圈里打转。

原来，一路走来，一切都被命运安排妥当，踩着成长的脚步，乖乖按部就班，终是累了心。日子渐远，遗落了念想，骨子里的自由情怀，不安分地乱窜，多想一狠心就任性了自己。

时光中，某次成长，渐渐地发现，原来自己一直都很迷茫。总想抓住点儿什么，却总觉无能为力，苍凉了心。

生活的烦琐与现实，让人不堪重负，真的很想抖落积攒的尘埃，还原生命的本真，以一颗初心，对待生命的所有。

心慈的人，更容易迷失自己。直到有一天，时间替我们做了决定，却又会在想如果当初换一种选择，结果会是如何呢。

或许一念放下，便可万般自在。给自己一场蜕变，在驻足的某个停靠点，去搁浅新的生机。安静地行走在阳光下，以花的姿态绽放，去聆听岁月的梵音。（恋小柔）

>>>

你给生活意境，生活才能给你风景

有时候，明明很累，还在坚持；有时候，极度疲惫，还在继续。常常，我疲于奔命，筋疲力尽，用健康置换着生活的富裕，用生命提高着自己的待遇。似表如钟，一如既往地前进，将生活的艰辛，全部含在心中，默默无语，拼命工作，把人生的重担扛在肩上。

>>>

亲爱的自己，
趁你还年轻，不妨多走几步路，
不要因为急于抵达目的地，
而错过流年里温暖的人和物。

趁你还年轻，
多说些浪漫的话，
多做些幼稚的事情，
不要怕被人笑话，
错过了生命中最美好的片段和场合。

趁你还年轻，把距离缩短，
把时间延长，
多做些自己想要做的事。

每天看到的人都在急，特别急，急着找男朋友，急着找女朋友。

女朋友着急要房子、车子，想旅游，又想享受生活，想安逸。男朋友又得拼命工作，阅历不深却又着急看透世界，甚至于连一篇文章都没有时间读完。

其实，我们急的究竟是什么？

你所急的事，一定是最不需要快速解决的；你所不在乎的事，恰恰需要你马上行动。

因为种子要慢慢成熟，谁也决定不了它成长的速度，而你手里的苹果，耽搁了时间，就不再好吃了。还原世界本来的面目，一切慢慢来。

现在的爱情也急得不行，急着结婚，父母催，亲戚催，结婚了，马上要了孩子。

孩子出生了，马上急着别落在起跑线上，让孩子参加早教班，大一点儿就是各种补习班。上了小学，急着中学，上了高中，急着大学，上了大学，又急工作，循环往复，周而复始，人们早都忘了事物的本来面目。

爱情就该慢慢来，在我刚刚遇见你的时候，你也刚好爱上我，就在一起吧。想厮守一辈子了，管它嫁妆房子，有你就好，顺其自然。

孩子有它的童年，就像你有过的童年一样，事情本来就该慢慢来，可是现在的时代，都提前了，屁股上都着火了，可是谁都找不到灭火器。

所有的速度让你目不暇接，所有的变化让你找不到家的方向，那些迎着朝阳出门的人，背着月光回家的时候，可能看到的只是废墟。

因为这一切都来不及让你等待，因为高楼大厦崛起的速度，一定会快过你回家的速度。

很多刚毕业的学生，都急着奔向远方，认为他的理想都在远方；而有的学生，却慢慢地回家，想想自己到底要做什么，该做什么。

三年后，当年去找理想的人，把自己也丢了；当年慢慢的人，做了老板，开了个小店，娶了媳妇，生了孩子。

虽然他可能没吃过太多次的高级餐厅，没去过太多次的咖啡厅，也没有带着爱人去过什么高档的地方，可是，谁能说他走得慢呢？

有的时候，走，真的比跑快。因为走着便不会错过风景，明确目标；而跑的人，会落下太多的人，最后孤独一人——因为跑得太快使别人跟不上。

一个人，一辈子最重要的事，就是选对身边的人。

炊烟起了，在门口等。夕阳下了，在山边等。叶子黄了，在树下等。月儿弯了，在十五等。细雨来了，在伞下等。流水冻了，在河畔等。

生命累了，在天堂等。我们老了，在来生等。

我们都累了，是时候放慢脚步，好好看一本书；好好看看自己在急着往前走的时候，落下了什么东西，到底是朋友，还是父母，抑或是你最珍贵的爱情。

这个时代无论多快，总该找到自己的节奏，试着寻找一个“灭火器”，把身后的“火”灭了吧。（李德然）

>>> 第六章

有些事只能自己一个人完成

每个遵从内心生活的人，

回首过往时都会觉得，

成长是一个非常孤独的过程，

有时是因为自己一意孤行，

有时是因为没有陪伴……

这些事根本不算什么，

甚至连你自己也容易忘记，

但其实每件事都像一次渗入，

慢慢将你变成现在的模样。

也只有当你明白人生路只能独行时，

才会有成全自己的勇气。

>>>

生活需要私人定制

我是独特的，但我必须向统一让步；我是自由的，但我必须向禁忌妥协。因为我渴望亲近群体，渴望他们接受，我害怕被群体驱逐。或者我分明很孤独，却骗自己相信我并不孤独。

>>>

亲爱的自己，
是你选择了这个世界的样子，
是你允许了别人对待你的方式，
是你拒绝了无限的可能，

是你任编剧、导演，并出演了自己的人生剧本，
所发生的一切都应由你自己来承担。

你可以选择让自己更轻松、更愉悦、
更平和地享受生活，
这就是你在这个阶段爱自己的方式。

不知从什么时候起，每个人身上都被赋予了社会属性。喜欢热闹，害怕离群索居；喜欢盲从，害怕特立独行。每个人都小心翼翼地过着别人定义的生活，生怕孤独了自己。

好像每个人都成群结伴，可谁又不是各自孤独着的呢？总以为是别人怠慢了自己，可你又何尝不是最容易疏忽自己的人呢？

你的内心有很多不情愿，行为上却又表现得极为乐意。这就是矛盾的，每个人多多少少都曾如此。

因为害怕被忽视的感觉，害怕无人喝彩，害怕被边缘化。所以委屈自己的意志从了他人的喜好。可是，这样的自己，你喜欢吗？

对于大多数人来说，生活是个可以拆分的动词，即生和活，而不是简单的名词“生活”。

为了生，有多少人活在别人的企盼里？为了活，有多少人活在他人的评判里？有多少人将原本可以的生活过得七零八落，却还假装很好。

你不会对每个人都好，但一定会对认定值得的人好。你不会因为别人的评判而随便改变自己的初衷，也不会因为别人一句话随便否定一件事或一个人。

在生活里，你可以随便凑戏，做一个边缘化的人，但在爱情和梦想面前，必须有自己独一无二的位置，谁也替代不了。

我们都是平凡人，有自己的小虚荣，爱热闹，爱交际，也爱实实在在的漂亮的衣服，但是最爱的是一个人饱满的灵魂。

生于世俗，再高贵的灵魂都会受到影响，何况凡夫俗子。

会因为他人的情绪而更改自己，因为害怕被忽视，便寻求一种集体的力量，渲染自己内心深处的孤独和怕，说到底其实是没有勇气边缘化自己，也没有勇气接受自己被边缘化的事实。

可是寻求梦想做自己的路上必须做好随时有可能被边缘化的勇气。因为不是每个人都能理解你的梦想，也不是每个人都能在取得辉煌时与你同欢，与你落寞时共饮。

人生这条路说容易也容易，说艰难也艰难。你对外界的需求越少，就越有可能活得自如和安详。只有这样你才能随时边缘化自己，随时被他人边缘化。

唯有这样，才能趋近有可能随心所欲的自己。唯有在孤独和沉思默想的时刻，才是真正的自己，才与自己的天性相符，才既无忧烦又无羁束。

年少的时候，会觉得孤独是一件很酷的事。长大以后，会觉得孤独是一件很凄凉的事。现在，会觉得孤单算不上什么事。

有时候，人需要的是真正的绝望。真正的绝望让人心平气和，意识到自己不能依靠任何人得到快乐、充实和救赎。

你要承受自己心中的季候，如同常常承受从田野上度过的四时。你要静守，度过自己心里凄凉的冬日。（半杯暖）

>>>

有些事只能
自己一个人完成

有时候，心里会莫名的难受，却不知道为什么；有时候，同周围的人说说笑笑，却觉得异常寂寞和孤独；有时候，静静地看着窗外，会觉得自己是个很容易被遗忘的人；有时候，冷眼看着身边的人吵吵闹闹。有时候，觉得这个世界真的很假，很虚伪。

>>>

亲爱的自己，
你以为，孤独是别人不懂你，
后来发现，孤独是你不懂自己。

到最后，你会明白，
孤独是终于开始了解自己。

每个人最终都是孤独的，
每一步都决定着最后的结局，
我们的脚正走向选定的终点。

所以不必依附，不必获得所有理解，
孤独是生命的影子，
有影子才有眼前的阳光。

生命是一段长长的旅程，犹如一条路线，只是你不知这路线的长度，不知从哪里出发，到哪里去，走多久能到达。

在这未知的行程中，很多人和你一同旅行，不同的生命，不同的路线，一同演绎与编织一幅图画。

生命是孤单的，是过了一次就不能再来的，个中滋味只有自己知道。

世上有很多东西是可以与他人分享的，吃的、用的、穿的，甚至连感情也可以，但唯有生命是自己独有的，是最自私的。无论经历什么，只有一个人去接受、去感受。

有时遇到解决不了、无力改变的事，就会相信有命运这回事，你说听天由命吧，命中注定的。这是对命运的洒脱还是对自己的无力而找的借口？

但你并没有那么可怜无助，你拥有生命的同时还在拥有生活。生命是生活的线，生活是生命的网。

在生命这趟未知的旅程中，你会遇到很多人，形形色色，有好的，有坏的，善良的，凶恶的，喜欢的，讨厌的，不管怎样的人，都要去面对。

也会遇到很多风景，有心旷神怡令你流连忘返的，有令你厌恶不想回忆的，但是，不管什么的风景，都要面对。

在生命的这趟列车上，你不能因相遇很美而让时光停下，也不能因日子很累就能逃跑，始终有生活这张网在罩着你，让你无法挣脱。

如果逃离生命这条线，就只能把生活的这张网弄得一团糟，你手中的线是你的，但是这张网不只是你一个人的，还有很多与你相关的人，你的亲人、家人、友人、爱人，一切与你有关的人，他们一同描绘你的图画，毕竟，一个人的力量太渺小了。

在那张图上，你能做的只是织好自己的那一针，在自己的生命轨迹上走好每一步。无论多难，都要平静面对；无论多易，都不能掉以轻心。

也许，在蓦然回首时，你会不经意地发现，平淡的日子里，你已在生活的画布上编织了一幅图。

在那张美不胜收的网上，你没有迷失，你找得到自己的位置，不会因途中美而停滞不前，不会因日子太平常而放弃梦想。

因为你知道，这张生活网上的每个细节与经历都是你的，正是因这些一针一线的交织，才成就了你的生活。少了一个细节，就少了一针，少了一份精彩。

来到这个世界的你，无论你要面对的是怎样的一种生活，都不要丢了生命带给你的东西，你独有的，那是上天的恩赐，不要抱怨，不要去想怎样。

有时你能做的就是去面对和行动，让生命去接受生活，让生命去改变生活，改变你能改变的，接受你不能改变的，也许这就是生活的全部内容与意义。（佚名）

>>>

孤单是一个人的狂欢

我浪费自己的健康去赢得个人的财富，然后又浪费自己的财富去重建自身的健康；我焦虑地憧憬未来，忘记了眼前的生活，活得既不是为了现在，也不是为了将来。我活得似乎永远都不会有尽头，但是也好像从来没真正活过。

>>>

亲爱的自己，
要尝试走一个人的路。

你总是希望做任何事都有人陪，
这样才会让你觉得有安全感，
但当你踏上一个人的旅途时，
其实你也可以独自逛路边的小店，
看一场电影，
吃掉一整盒冰激凌，
坐在图书馆里看完一本书，
撒欢地走在回家的路上，
享受一个人的时光。

你身边一定有这样的人：自己很想去的地方，想做的事情，如果没有人陪，他就会放弃，即便心中早就想了一百遍。

有人说，只有年轻人才觉得孤独是可耻的。甚至连一个人吃饭都觉得惨，觉得旁人的眼光中都是怜悯之情。

好像从很小的时候，大家就习惯拉帮结派，搞小团体。上小学的时候是一群人一群人地玩，上高中是一个宿舍一个宿舍地玩，到了大学之后是一对一对的。如果看到一个人在校园里独来独往就会下意识地觉得，这个人是不是不合群，是不是没有朋友。

从小你学过很多种技能，企图变得多才多艺，但好像真的没有学过如何在独处时面对自己。

有些人活了几十年尚未“真正独处”过五分钟，独自看电视、打游戏、看杂志或书等打发时间的事不算。做以上事情时，人们的心多半匆匆忙忙，不过是想做些事打发时间、填补空虚而已，没办法享受琐碎时光中的美丽。

曾几何时，孤独仿佛成了一件很丢脸的事情。那个时候的你还不明白，其实孤独才是人生的常态。

如果把如何与自己相处当成一门课，那么你大概是最愚钝的学生。你太急、太怕浪费时光、怕一事无成，于是好一大段时间，你用“忙”而浪费了它。

你匆忙生活，正如喝咖啡时只想把咖啡喝完，并未享受过它的滋味；走路时只想达到目的地，但并未关注双脚踏地的感受。

原来的你，是一个心底渴望依赖，却从不肯说出口的人。每一次分离，每一次散场，你其实都需要很长时间来适应。你热衷照顾他人，甚过照顾自己。

两个人的时候，你是斗士，你是无所不能的太阳。可如果身边没有人，你会忘了准点吃饭，你也会懒得照顾好自己，你低沉、失落，再也不用假装坚强。

你曾以为，一个人住，没有什么了不起。每个人也都相信，你一定是能够照顾好自己的人。可其实，你不是。

一个人下班的时候，可以在街角买一束花，只为讨好自己。可以买一盏灯光温柔的阅读灯，买几本安静的睡前读物，再也不怕独自入睡。这些事看起来都很简单，举手之劳。你之所以觉得难，是因为你被孤独击倒了，无还手之力。

为什么只能在有人爱的时候美丽，没人在的时候就潦草？为什么总是因为得不到而苦恼？为什么总是觉得他人看起来比你更好？

为什么你在出租的房子里就感受不到爱？为什么你的情绪那么容易失控？为什么这么大的城市，它竟然不属于你？为什么总是输给懒惰，让自己越来越不美丽……

这些问题都曾经困扰过你。可是，在你一点一滴地去拆穿它们之后，你就会发现，在这些不同的问题背后，藏着同一个问题：你真的不够爱自己。其实，你还远远不够爱自己。

真正的爱自己是无须等待、无须忧伤、无须他人、无须提示，就知道何时讨好自己，何时纵容自己，何时该节制，何时该改变。

那些看起来妆容精致的人，那些看起来自控良好的人，那些看起来勇敢选择自我的人，他们面对的问题大概比普通人更加复杂，可是，他们都没有忘记爱自己、做自己。

其实，当你足够爱自己时，无论是面对一个人的孤独还是日常琐碎，你都会很自然地感叹——今天天气真好。

每个人终究是要面对孤独的，不管是否愿意。你越早能意识到孤独是无可避免的越好，就像能越早开始，就能越早地开始自己的生活。

有人一辈子都在逃避孤独、逃避无聊，把很多东西割舍下乐得自在；有人瞬间就过了瓶颈期，无比迅速地接受现在的生活。

不要害怕孤独，不要害怕面对自己。承认之前的傻和错误，但不要用过去牵扯你的未来。世界不是由鲜花和掌声构成的，但也没有你想的那么糟。听听曾经感动你的歌，看看身边始终坚持的人，从里面汲取一点儿东西，慢慢地把它变成你的东西。

不要害怕孤独，不再害怕面对自己，不再急于寻求外来的安全感，要从自我找到安定的力量，找到坚持下去的勇气，找到属于自身的节奏。那是你自己的力量，足以在你的黑夜里代替太阳。

有些路终究要一个人去面对，一个人去跋涉，路再长再远，夜再黑再暗，也得独自默默地走下去。

在清晨的公交站牌前，在黄昏楼群亮起来的橘色光晕里，在凌晨时分，你或许在焦虑在头疼在熬夜，但总有某种时刻你能突然间听到自己的节奏。而那时，你便知道，这些孤独的日子，到底让你成长了多少。（佚名）

>>>

把人生的重头戏留给自己

没人有耐心听我讲完自己的故事，因为每个人都各自有话要说；没人喜欢听我抱怨生活，因为每个人都有自己的苦痛。这世界愿意倾听，习惯沉默的人，难得几个。我再也不想对别人提起自己的过往，那些挣扎在梦魇中的寂寞，荒芜，还是交给时间，慢慢淡漠。

>>>

亲爱的自己，
已经到了一个能坐下来和过去握手言和的年纪了。

一个人的生活，其实也挺好的，
老天没特别眷顾你，
也没把你往绝路上逼。
还有很多选择，很多空间，
可以自己去努力。

反正时间就这么多，
能享用的世界就巴掌大，
最后什么造化，
还要看你自己怎么过。

见过会和自己玩的人，也见过不会和自己玩的人。

一个人的时候你会做点儿什么呢？找本书看、弄点儿好吃的、看场球赛、打打游戏、去健身房、泡咖啡馆……好像很容易找事情做。

还有工作上的事儿，家庭里的事儿，父母那边的事儿，常常不需要找事儿，事儿就来找你了。

但也总有那么一天，你会有大把的时间就这么挥霍着，做点儿什么或不做什么全由自己决定，此时你的生活格局是怎样的？

最初，不需要考虑这个问题，你需要的是一群人的世界。生活里总有几个同伴，大家不在意玩什么，关键是和谁一起玩。

现在回想起来，女人们大概不记得十年前的那个发小陪你干了些什么，只记得你们恨不得每天都腻在一起；男人们也忘了究竟为了谁跟人打架，只记得当年为了兄弟可以两肋插刀。

那个年代谁愿意落单呢，独来独往的那个常常被认为是个另类。

后来，进入两个人的世界。那个陪你成长的大圈子逐渐退到远处，你一头栽进两个人的世界。如同所有的爱情，外人看着都差不多，只有当事人觉得不一样。

等大家发现谁都不过如此的时候，常常又去寻找故人。当年的朋友再聚到一起，发现大家想的居然还是一回事。

男人回到男人的世界，插科打诨也好，八卦同学也罢，一个个晚上过去了；女人们呢，有的除了“妈妈”这个角色再也不会演点儿别的，有的开始混小组活动、喝茶、聊天、看电影，闺蜜时代好像又回来了。

可是最终，谁都要回到一个人的世界。听人说过一个人过得像一支军队，这得需要多大的能量。

后来我发现，和自己玩只是一种习惯，这种习惯需要长线保持。否则，等有一天闲下来了，你会觉得无所适从，会感到困惑，为什么大家都在玩，我却整天埋在工作里？

有人说，现在都是给退休后准备的；也有人说，等哪天不工作了做点儿想做的。但是这些事未必要在未来的某一天正式开始，它可以在你生活着的任意一天悄然登场，关键是你愿意给自己留出多少时间。

陪伴自己是个小话题。表面上它说的是你有多少技艺、多少闲情能把时间填满，无论什么时候、无论在哪儿，都能把生活过得风生水起，就是能在自我这个小环境里实现一种自运转。

陪伴自己也是个大话题。这个话题下深藏的是一个人有没有独立完整的自己，你不用眼观别人忙的那些事，也不用费心去融入一些看似热闹的群体狂欢，只需要保持独有的内心世界，就算不是很大，也一定够丰满。

相信那些年轻时代就擅长并乐于和自己玩的人，无论到什么时候都不会觉得生活无趣。而那些跟着外界走的人，到头来会发现走了这么多年，重头戏居然都不是留给自己的。（郭韶明）

>>>

你要有所热爱，才不会害怕总是一个人

每个人都有那么一段故事，无法诉说。就只能放任在深夜里对自己倾诉，深夜来临的时候，是我心灵最脆弱、最孤独的时候。在无数个失眠的晚上，习惯性地闭上眼睛，安静地想念一个人、一张脸、一个名字，成了我的心事。在夜里独自哀伤，不想习惯，却无力更改。

>>>

亲爱的自己，
孤独，不是孤苦无依，
而是有时间勇敢地、安静地面对真实的自己。
你不知道明天会去哪里，
也不知道明天会遇见谁。

不必担心将来，
每分钟都有告别，每分钟都有相遇，
在告别前抓紧一点儿，
在相遇前变好一点儿。

在属于自己的日月中，
用隐忍解读生命的坚强，
用绽放诠释生命的绝美。

一个人单身久了，容易对生活中的人和事丧失热情。穿着随便，言谈举止随便，心态随便，思想随便，最后自己也成了随便的人，殊不知有多少人讨厌这两个字。

很多人会产生这样的想法：反正我一个人，打扮那么漂亮也没人看，等我有了另一半，一定天天明艳动人；反正我一个人，就尽情沮丧、低落、绝望，等对方来为我驱散一切黑暗……

指望别人来改变你的世界，那不仅不美好，还很可怕。每个人都是独立的个体，都有属于自己的内心世界和生活圈子。你把日子过得一团糟那是你的问题，任何人来了都于事无补。

每个人都不可能完全独立于社会，我们有父母、亲人，有同学、朋友。最好是既独立又依赖，人格上独立，情感上依赖，这样的人才是可爱的，在一起生活才既轻松又富有情趣。

为什么一个人就不能把日子过得阳光灿烂一点儿呢？非要等那个人来了，才能发挥出好好生活的潜质吗？

其实，之所以一个人过得那么漫不经心，是因为你找不到一个生活的重心和寄托，你认为你的喜悦没有人分享，你的痛苦也只能独自承担，那么用心，给谁看呢？

日子要过给自己看，对方不在身边，你还有自己。他在的时候，你是你，他不在的时候，身边有什么就是什么。这不是冷漠无情，任何爱到失去自我的爱都不是伟大，而是沉重。

一个人的时候，可以去很远的地方看风景，然后仰脸享受温暖的阳光，自拍一个傻傻的微笑，继续幸福地游走。

一个人的时候，也要好好安排自己的作息，早睡早起，按时吃饭喝水，上班时认真工作，下班后看书、打球、听音乐、看电影。

一个人的时候，也可以把自己打扮得漂漂亮亮的，这样无论你们哪天相遇，对方看到的都不会是一个狼狈的你。

人的一生，应该有两个伴侣，一个是你的另一半，另一个就是你的梦想。

在那个对的人还未出现的时间里，你应该有一个可以朝夕相处的梦想。或大或小，或近或远，只要能让你不把自己的日子过得那么随便就好，只要能重燃你对生活的激情，不再幻想着让别人来改变你的不满的现状就行。

那个迟早会来的人或许很博学多才、风趣幽默、阳光开朗，但是你也可以变成这样的人，你可以不必通过他人来取悦自己、丰富生活，你自己就可以。

等你内心平和喜悦，还可以将这一切分享、传递给他人，这样，你内心的阳光就足以驱散所有的黑暗。

你总说，要爱的那个人，必须富有激情、有好奇心、乐观自信、积极向上……几乎囊括了人性当中最美好的一些精神特质。但是这些词汇不应仅作为你对另一半的要求和评判标准，还应该成为你自身努力的目标。

与其等着别人来唤醒你、拯救你，不如让自己多储蓄一些正能量，他来了，你们可以互相分享，彼此温暖，他没来，你也能让自己的小天空艳阳高照。何乐而不为呢？（蛐蛐儿）

>>>

每个人都有一个安静的世界

我发现和身边人的交际变得越来越少，亲近的人不在身边，其他人似乎没有深交的必要，最多不过见面点头、打个招呼。坚持孤独是件挺难的事，多数人只是被孤独选择了，不得不孤独。我常常和我的孤独翻脸，然后又坐下来哭着和好，这到底是为什么?

>>>

亲爱的自己，
不要因为孤独就去找不适合的娱乐方式，
迎合不属于自己的群体，
爱一些唾手可得的人。

每个人都有孤独的时候，
不要因为一时的空虚打乱了你坚持的思想。

宇宙那么大，
属于你的温暖虽只能用毫末来衡量，
可你却在很重要的位置，
像经线和纬线，
定义了你在世界上唯一的存在。

意大利传奇导演费里尼说："独处是种特别的能力，有这种能力的人并不多见。我向来羡慕那些拥有内在资源、可以享受独处的人，因为独处给你一个独立空间、一份自由，这些是人们嘴上喊'要'，实际上却害怕的东西：人生在世，没有什么比独处更让人惧怕的了……他们害怕寂静无声，害怕那种剩下自己一人与自我思绪及长篇内心独白独处时的静默。"

在吵闹与安静之间，究竟要怎样才是真正面对自己？究竟怎样才能感受到那个独立空间与那份自由？在你成长的过程中，从来没有喜欢过团体生活，从来没有习惯过在众人之间。

你一直警觉着在众人之间的尴尬与无助。怕成为焦点，怕被挑选出来强迫表演，不管是哪种形式的表演。可是另一方面又很怕被淹没，一点儿主体的焦虑，一种无法诚实面对自己喜好兴趣的无奈与无聊。

因而理所当然认为自己一定喜欢独处、独居。年轻的时候，也的确常常寻找独处、独居的机会。从各式各样的关系隙缝里，找到可以不必理谁也不必有谁理我的时刻总是快乐的。

那时候，开车不见得是要去哪里，而是一个人将车开在山路间，尤其是深夜时分，格外享受。速度中有一种宁静，还有一种介于专注与忘我之间的吊诡。

一方面专注于操纵轰隆隆吼叫的运动机器，另一方面却也可以在脑海里唤出平常在错杂生活里无从寻觅的记忆与思考。

不过那种年岁，回头想，独处情况毕竟属于生活中的例外，所以格外珍惜。一个人是否真的喜欢独处，真的有能力独处，要到有了大块独处时间才能确定。

当独处变成了常态，独处的时间不再是一丝丝、一条条的生活装饰，而是大块大块的基本存在时。

本来有太多的记忆与情绪，等着在独处的时间里整理；变成了困窘地必须创造出记忆与情绪，努力填满独处的时间。

活在现代的环境中，有太多方式可以让人逃避独处。

即使一个人，也很容易有电视、网络可以陪伴，因而我们往往少了一分诚实的试验，试验自己究竟拥有多少可堪挖掘的内在资源。

独处会让人听到许多声音。比静默更可怕的是这些来自内心的声音。独处使人脆弱，使人比自己想象的更容易心软、更容易感动。真正独处时，就只剩下自己可堪挖掘。

在那么忙碌、那么焦躁的环境里，先别说要慢下来，先试试自己一个人，真正独处看看。平常让你忙，让你误以为那就是生活意义的事消失了，只剩下自己，会怎么样呢?

大部分人在独处之后，学会了谦虚。因为真正了解到剥除那些表面繁华，自己原来有多么不堪挖掘。有了这么一份谦虚，人也才有资格具体地、实存地讨论自由、独立。（杨照）

>>>

低质量的社交，不如高质量的独处

生活很辛苦，要应付很多麻烦的事，承受很多莫名的委屈，甚至有时候要和不喜欢的人打招呼。但是真正让我觉得累的，是没有人陪着我。世界有时候太不公平，让我独自承担这么多，却吝啬地不肯给我那些闪闪发光的东西，那些我在迷茫的时候想要的帮助和在孤独的时候想要的拥抱。

>>>

亲爱的自己，
上帝给每人一杯水，
你会从里面饮出自己的生活；
它给你一个安静的角落，
那将是你的天地。

没有欢声笑语和华丽浪漫，
可你就喜欢这样的寂静。
在角落里，不感到孤寂，
做最真实的自己，
你可以随心所欲，
忙着你的爱好兴趣，
充实自己的心灵，
这才是你最快乐的事。

不知从什么时候起，已经习惯了一个人安安静静地坐着，什么都不去想、不去做，就那样闭上眼睛，听自己的心跳，让思绪在这一刻停止，无牵无挂，静享安然。

或许是这纷扰的尘世太过喧哗，总想觅一个安静的角落，不问春花为谁开，不管秋雨为谁落。

有些路，注定要一个人走，那些同行的伙伴，来的来，散的散，等有一天停下匆匆的脚步，才发现好多人已慢慢不见。

谁都有自己的梦想，谁都有自己的追求，或许有一个阶段彼此欣赏，邀约同行，然而每个人的性格不同，节奏不同，所想所感也会不同。

与其费力去讨好迎合他人，不如踏实走好脚下的路，有人来，便笑脸相迎；有人离开，就挥手相送，然后继续独自前行。

若人生是一本书，那些天真的梦想就是一个个色彩斑斓的童话，遥远而美好；那些真挚的情感就是一首首隽永的小诗，纯真而浪漫；而那些零零碎碎的记忆和过往，就是一篇篇抒情的散文，点点滴滴都是生活的积累，心灵的感悟。

每个人都是书里的主人，喜怒哀乐一一尝遍，悲欢离合都要经历。每个人也是作者，精彩颓废自己写就，欢乐痛苦只有心懂。

也许孤独是爱的最意味深长之赠礼，受此赠礼的人从此学会了爱自己，也学会了理解别的孤独的灵魂和深藏于它们之中的深邃的爱，从而为自己建立了一个珍贵的精神世界。孤独，是深藏的爱。

有人说，越是孤独越是丰富。就像月亮，仅一个，却被众星捧，可月亮，必有被捧的资本，否则黑夜暗淡。

而作为一个人，他的丰富源于一种阅历以及学会在人群中取静、喧嚣中感叹、成功后思考、失败时总结……

这些资本，换来一个人的丰富。而那些过程里的取静、感叹、思考和总结等，却是孤独的本真，丰富的依托。

做一次孤独的旅行，看山看水，听风听雨，让世界完全属于自己，没有纷争的疲惫，没有不堪的灵魂。在山水间沉淀思绪，静心，净心。

做一个奢侈的休憩者，品一杯香茗，读几页书卷。清晨于霞光中洗濯身心，暗夜里守一盏灯凝望苍凉的夜色。在心灵的空地独自漫步，将平日的焦躁、劳累，融于心静如水。

我们都有一个人的时候。一个人吃饭，一个人睡觉，一个人看书，一个人与自己相处。房间里任何细微的声音都可以听到，心里好像有一枚炸弹在滴答作响。那时会想，原来这就是孤独。

但有一天，你总会明白，你不是人群中最孤独的那一个，这个世界上有太多和你类似的人。他们走过城市的角落，他们和你一样，觉得自己无枝可依。不要为自我的独处难过，而是应该庆幸你有这份感受自我内心的能力。（红尘有爱）

>>>

要么孤独，要么庸俗

有时候我感觉孤独，不是因为缺少知己，而是在心中迷失了自己，忘了来时的地方，找不到去时的路；有时候又很痛苦，不是因为失去了珍爱的人与物，而是在灵魂深处少了一方宁静空间，自己在浮躁中迷失了那些宝贵的精神。

>>>

亲爱的自己，
其实你最需要的，
不是别人的怜悯或关怀，
而是一种顽强不屈的自助。

或许你认为自己不被理解，没人疼爱。
没关系，练习一个人的生活，是一种能力，
当你觉得全世界都对你不理睬的时候，
也不要嫌弃自己。

因为这个世界上，
最不应该放弃的，只有自己。

走在自己的心路上，一切喜怒哀乐都是根植于路边的风景。对于世界，你很渺小。

有时候，你以为自己是在逃离。逃离不确定与迷惑，但主要是在逃离自己。你想也许将来你会变成另一个人，嫁接到更好更强大的事物上。

后来才明白，逃离便是奔向某处的过程，是为了追赶快速奔跑的自己，以另一种方式过着另一种生活。

你看见自己的冷漠，却想去温暖这份冷漠，其实你还没接纳你的冷漠；你看见自己的焦虑，却去担心你的焦虑，其实你已开始陷入焦虑；你看见自己的无力，却不知道要伸哪只手来拥抱自己，其实当下的你也很无力。

你看见自己的坚定，并看到相守的温柔，其实，你正坚定并且温柔；你看见自己的坚强，并感受着柔韧的力量，其实你正承接到这样的力量；你看见自己的谦卑，并感受到内在的自信，其实你已经开始低头谦卑。

你看见自己的纯粹，只是做自己想做的事，爱自己想爱的人，走自己想走的路，痛了就哭，喜了就笑，累了就歇，好了就走，你终于看到了自己。

对于看见，只是看见，并接纳所有的看见，而不要想着马上去改变，透过看见，你看见了自己，也看见，生命原本的纯粹与全然。

有很多时候，看见的，看不见了；记住的，遗忘了。

生命，是一场孤独的跋涉，一个人走，一个人跑，一个人流浪；一个人哭，一个人笑，一个人坚强。一场磨难，是一场洗礼；一场伤痛，是一场觉醒。走过，累过，哭过，才会成长；痛苦过，悲伤过，寂寞过，才会飞翔。

经历是人生中必不缺少的一部分。过程中，有好事，也有坏事。人是整个故事发展的主角，需要去面对，去适应，去改变。

每一件自己觉得过不去的事情，回头想想不过如此。每一次艰难的历程，也都过来了。越长大就越懂得勇敢面对的含义，人生酸甜苦辣，没有人会替你活着，自己要学会面对一切，并充满希望。（佚名）

>>> 第七章

所有的经历和负担，都会变成生命的礼物

你勇敢，世界就会给你、让你；

你无惧，命运就会为你屈服。

你可以选择停滞不前，

也可以选择自我改变；

可以选择安逸享乐，

也可以选择在奋斗中精彩绽放。

过去的你今天的你都不重要，

重要的是未来要成为怎样的人，

决定命运的是你自己。

所有的负担都会变成礼物，

所受的苦都能照亮你未来迷茫的路。

>>>

既然认准一条道路，何必打听要走多久

终于到了以前憧憬的年纪，却发现已经有人订婚、结婚、出国；有人生活顺利、有人坚持梦想、有人碌碌无为……就像是一个分水岭，毕业时的蓝天早已消失不见，那个在操场边说着要一起走向未来的人也早已不见。看着窗外的天，突然黑了，感觉像自己的青春，突然没了。

>>>

亲爱的自己，
匆匆的，是光阴，
忙碌的，是人生。
经年后，你渐渐会明白，
那些可以遗忘的，
都是对人生无关紧要的，
不想回忆或再现的。
从不怨恨，也不抱怨。

过去的，就让它过去，
无论怎样美好，怎样伤感，
我们始终回不到过去，
走不进曾经。
重要的是今天，明天。

二十五岁前，你感觉时间在手边跑；二十五岁之后，你感觉时间像离弦箭。

以前你认为，人生不过就是按部就班地生活，上学、工作、结婚。现实总会告诉你，你有多傻。生活就像游乐场，随时在巅峰又随时到谷底，彼此之间不过一个转弯的距离。

慢慢发现，你像被推下悬崖的幼鸟，一切都要靠自己了。你将面临选择，选择生活、工作、事业、家庭，选择你的未来……

也许会有人提出建议，但除了你，不会再有人对你的生活负有责任。

在你认为世界就在你唾手可得的地方时，“身体健康”第一次成为最让你头疼的困扰。身体发出的信号，再也不是靠自身免疫力就能扛过去的时候了。

第一次自己一个人去医院，面对坏的结果时，还是会有崩溃感，但崩溃感转瞬即逝，内心有一股沉稳的力量告诉你，崩溃是无意义的，只有解决能解决的问题才有意义。

你越来越有力量了，开始为自己的一切付账。再也没有什么东西能够彻底地摧毁你了，任何伤害只能伤及你的一部分。你清楚无论经历了什么，生活还是要继续的。你是个大人了。

任何年纪都只能经历一次，此时，真的是人生最为繁盛的初夏。

你将可能拥有最多的爱人，每个人都爱你，但是他们也会伤害你。你可以敲开通往任何一个世界的大门，所有人都欢迎你，但是他们也会背弃你。你可能成为任何一种人，既有可能是你所希望的人，也有可能是你不希望的人。

有人对你说，我年轻的时候也和你一样，但是生活会把一切棱角都磨平，你最后会发现大家其实都差不多。

其实并不会，做一个有趣的人当然是很难的，可并非做不到。问题在于你不能因为自己想要走的路比较困难比较苦，转而选择了更为舒适的生活时，还将一切归咎于生活。

往更好的生活走的那条路，真的要比不思进取、得过且过困难得多。

有时你感到痛苦。不再是某次考试失利，不再是青春痘的烦恼，不再是臆想出的残酷青春，而是真正的平凡生活的痛苦。

你将经历无数流着泪的夜，痛苦到快要无法呼吸，你一次又一次地觉得“这次可能真的撑不过去了”。

不过，你一定会撑过去的。无论你经历怎样黑暗的此时此刻，都一定会撑过去的。如同每一个你认为漫长到不会结束的夜一样，你的痛苦终将过去。

你不只拥有光鲜的脸庞，还有永远都能归零重来的勇气。因为你还年轻，无畏无惧，因为你是初夏。

你蓬勃的生命力将会拯救你，那些垂老的人不再拥有的机会，一直都在你的手掌之中，你要相信。

二十多岁，你终于坐上生活这架巨大的过山车，不要紧张，抓紧扶手，命运要开始加速度了，好好享受。（十块好运大王）

>>>

除了终点，没有什么能阻止你一路向前

时间不够用，星期一我把计划列得很完美，可还只是说说而已；星期二觉得自己昨天什么事都没干，今天要好好补回来，可还是懒；星期三、四、五都浑浑噩噩地过了；周末到了，想把一星期没做的事都补上，但还是把宝贵的周末都献给了电脑、电视；星期日晚上我才知道，自己一个星期都一事无成。

>>>

亲爱的自己，
生活不仅仅是静止和重复，
你已经来到一个时代，
嫁给喜欢的人，做着喜欢的事，
向喜欢的方向前进着……

对于你，都是像呼吸一样重要的事。
既然时代给了你选择的权利，
那么为什么不及早踏入追求中。

生命很长，何时上路都来得及，
重要的是，为渴望奔跑，无比轻盈。

马丁·路德·金说过，人生最痛苦的事，莫过于不断努力，但梦想永远无法实现，而我们的人生正是如此。令人欣慰的是，我听见时间长廊另一端有个声音说，也许今天无法实现，明天也不能。重要的是，它在你心里。重要的是，你一直在努力。

不知道是因为随着年龄的增长，生活逐渐被平淡充斥着原本灵活的脑袋，还是内心深处还有一种关于信念的东西，依然蠢蠢欲动。

每当看到一些关于梦想等激情澎湃的故事情节，还是能将你感动，然后整装待发，不断地补充血槽，每次都满血复活地去继续追求更好的生活。

你有一颗不安分的心，它的不安分让你生活得很辛苦。你尝试了很多不同的生活，却无法在二十几岁人生阅历尚浅的时候，就断定自己一定适合哪种生活，一定会爱哪份工作一辈子。

你能想到的只是，人生那么长，外面的世界那么精彩，你要去试试，哪怕只是试试。

你试过在冬天的冷风里赶路，在地铁的短暂停留中闭眼休息，在楼下的快餐店买一块蛋糕解决晚饭，在深夜里依旧不敢疲惫，就算身体已经不听使唤，但精神却依旧在坚持。

你见过深夜里醉酒哭泣的姑娘，听过清晨扫帚扫起落叶的声音，你说走慢一点儿也可以，不那么紧张也行，但只是说说而已。你还是咬紧牙关的，努力地生活着。

很多时候，也会问自己，为什么要那么努力，懒懒散散地过，不也是生活吗？

后来，你开始寻找答案，寻找一个能说服自己坚定走下去的答案，一个让你永远保持努力的答案。当你想到自己还有那么多没去过的地方想去，那么多没吃过的美食想吃，还有家人没来得及好好照顾，还有那么多有意思的人没有遇见，你就不甘心，开始蠢蠢欲动，而这，就是你努力的意义。

生活中，可怕的并非你想要的东西得不到、梦想没实现、爱的人遇不到，真正可怕的是，你从没有因此而努力过。在生活这条路上，不断地把他们丢下，在不知多少年后的早晨，你忽然想起，原来已经过了这么多年。在往后的日子里，不断地追悔，这才是最恐怖的事。

有一种可怕不是贫穷，而是遗憾。

为了不给自己留下遗憾，你要给自己一个选择的机会，一个能过自己想要的生活的机会，一个不让自己后悔荒废青春的机会，一个证明自己“我可以”的机会。即使你付出的努力并不会回报给你什么，但至少努力过，你的人生才会有更多的可能。

也许这一生，没有大成就，没有大房子，也没有上百万跑车，更没有坐拥知名的上市公司，大多数人都是世间平凡的普通人。但是，力求在生活中无怨无悔，不辜负，不错过，追逐最真实的自己，那已经是最好的结局了，不是吗？

你知道，你的努力不是为了成为别人眼里的谁，而是想成为自己眼里那个不被轻视的、不被辜负的自己。不为换取成功，不为超越别人，只是去体验一个更大的世界，你不想这么早就停下追求生命意义的脚步。

你如此坚定，是想把自己一生几万天的生活过得丰盛而独特，而不是把一天重复几万次。有一天，你会以不容置疑的身份站在爱的人身边，不论他富甲一方还是一无所有，都能给他一个坚定的怀抱，他富有你不是在高攀，他落魄你能给他温暖，而这，就是你一直坚信的。

多年后，当你再次想起曾经那么努力的自己，你是否会感叹自己的执著与坚持，是否会感谢自己的坚持？每一段前进的路都是一段上坡路，走得难一些，收获才更加可贵。

每个人都曾有踮起脚走路的日子，天还没亮就出门，吃饭也不过是将就一口，已经忘了上次去看电影或者睡个懒觉是什么时候的事情了。而那些看似漫长无边的苦痛都像一颗一颗闪亮的星，点缀着你的人生，说不准走到哪里就有一颗星照亮了你之后的路。

也许在你能够发出属于自己的光芒之前，会经历一段无尽的孤独、漫长的黑暗，还有不被理解的嘲讽与讥笑，但好在，每一个认真努力生活着的人，最后生命都给了他们该有的幸福和快乐。

你喜欢这样努力的自己，哪怕这些努力并不一定能换来什么，之所以努力，就是为了能用自己喜欢的方式，去度过完整的生命。（佚名）

>>>

你并不是没有成长，而是在扎根

我曾有过许多黑暗的心理和情绪，有人诋毁我就言辞激烈地去辩驳，有人误解我就气急败坏地去解释，有人辱骂我就用更加恶毒的语言回敬。我尝试去报复和怨恨，也会用尽全力去证明我也可以，我曾经活生生地把自己变成了自己最讨厌的那种人。

>>>

亲爱的自己，
成长有一瞬间会让人觉得，
不是学会了避开危险，
而是学会了不怕疼痛。

你要相信，
你生命里遇到的每个人、每件事，
都有它的价值和意义，
有些人教会你爱，有些事教会你成长，
哪怕只是在你的路途中留下浅浅的印记，
至少在曾经某个时刻，
你明白了生活，
懂得了自己。

辗转漂泊的路，总是酝酿着太多的酸甜苦辣，以至于我们往往迷失了自己。曾经的那一颗颗如琉璃般透明的心，不知何时，就会成为灵魂的碎片。

即便拼凑完整，那一道道触目惊心的伤疤，依旧提醒着我们，那不堪回首的过去，还有未知而迷茫的将来。

漂泊的路，该怎么走？这是每一个人，用毕生的精力来孜孜不倦的追求的终极问题。

那些曾经蓬勃的生命，又支撑了多少仰望的姿态？历经风霜洗礼，又收获了多少时光赋予的悲欢离合？

多少渴望，于漂泊的路上，点燃了前行的灯盏？多少生命，于行走中，生生站成了两岸？

你也不停地询问着，然后用脚步丈量着所历经的每一寸土地。那些逝去的岁月，那些路过的风景，便如幻灯片一样，不断地在眼前闪烁。

于漂泊中，永远不会知道，离别会何时到来，伤痕会如何深刻。只是怀揣着一种渴望，走下去。

数年中，走过了一程又一程山水，路过了一座又一座城市。身边的人，也聚散终有时，不断地相遇，别离。

无论走得多远，终是逃不脱物是人非的感慨与无奈。成长的路，也诠释着人生的颠沛与流离。

在这成长的过程中，你将来自于别人的无视与嘲笑，慢慢驱逐，直至内心波澜不惊。

将一次次的失败，化为前进的智慧和动力，不断收获着属于自己的精彩，也瞻仰着灵魂的顽强。

就是在这一次次的漂泊中，终于与自己讲和，既不做无谓的挣扎，也不丧失前行的信念，只是安静地做自己。

人生的脚步，永远追随着内心。尽管流浪的情怀，让你感觉孤独。可是，漂泊的沧桑，却让你变得勇敢和睿智。

这世间，虽迷茫却充满诱惑。一个个驿站，一处处风景，褪去了你稚嫩的容颜，也让你的心，变得更为成熟和圆润，迈向未知的脚步也越来越踏实坚定。

那颗悸动的心，从未因困顿而停滞不前。正是怀着这样一颗心，才义无反顾地踏上征程，寻觅那未知的前路。

没有世俗的利益与挣扎，没有人情的冷漠与凉薄，只有看淡世事的坦然与内心的波澜不惊。就这样走下去，永不停歇，终会看见智慧的光芒。

抬起头来走自己的路，随处可栖，又来去潇洒，哭就尽情尽兴，笑就仰天长啸，工作就俯下身段，恋爱就抛弃芥蒂，走路就甩开手臂，旅行就放空头脑。

对喜欢的人趁着好时光，尽情地告白；对拦在前方的绊脚说不需要你理解，只需要你闭嘴。

于成长的路上，你最终懂得了“不求赞叹，不惧讥毁，不求荣耀，不惧卑微”的真谛。（冷梅清竹）

>>>

感谢不完美，让你更懂得努力和坚持

我在时间中行走，总是把目光朝向远方。总认为美好的东西一定就在眼前。于是，步履匆忙起来，心也跟着匆忙起来。我马不停蹄地赶往前面一个又一个站点，却把身后的一处又一处风景远远地抛在身后，不再张望。我看似站到了最高点，实际上什么也没有拥有。

>>>

亲爱的自己，
并非生活过于刻薄，
而是你太容易被外界的氛围感染，
以为对别人好，别人就一定对你好，
以为只要努力，就一定有收获，
以为只要牵手，就是永远。

因为年轻，
所有的悲伤和快乐都显得那么深刻，
轻轻一碰就惊天动地。

时间会让你成长，
尽管艰难，依然坚强。

原来一生的种种努力，不过只为了要使周遭的人都对我们满意而已。为了博得他人的称许与微笑，战战兢兢地将自己套入所有的模式，所有的桎梏。

走到中途，才忽然发现，自己只剩下一副模糊的面目，和一条不能回头的路。

也许每个人活着，都需要一场雾，把简单到残酷的生活模糊起来，让你对未来有一点儿好奇——尽管未来注定空空如也，但是这空洞外面，套着这么多盒子，一层一层，一层一层，你拆啊拆，拆啊拆，花去一辈子的时间。

时过境迁，你慢慢发现，有些阅历，实在对人生起不到多么重要的作用。只是一些点缀，一味作料，它一时刺激你的感官，让你觉得曾经有过繁华天上的美好体验。

但是这些体验就像一场春梦，醒来之后，你依然一无所有。

就像所有的“按说”都不会成为现实。

你可以“北京一夜”，北京却不会因为这一夜而属于你，但你很可能会因为这一夜而恋上北京——分不清真与幻，把很遥远的距离，看得近在咫尺。

生活的残酷之处在于，看上去两三步的距离，也许一辈子都走不完。而生活的迷人之处恰巧反过来：一辈子都走不到终点的距离，却能给你一种看上去两三步就能到达的错觉。

就好像很多考上北大清华的孩子，父母、亲戚总以为他们毕业之后就能立刻飞黄腾达，说起他们只是在公司里拿着几千元的工资，辛苦地工作，亲戚们说什么都不肯相信。

亲戚们看到的只是他们所在的山头。离开了这座山头，他们能看见的就是天空和月亮。

在他们的眼里，月亮离山头的距离，也许比他们自身离山头的距离还要近。于是，他们想当然地认为，如果你能从这里走到山头，那你够到月亮还不容易吗？

做任何一件事情，最困难的不是你怎样去做，而是你一直在做着不曾停下来。只有这个时候，你所理解的尺度，才是最接近真实的尺度。

一个人真正的优秀的特质，来自于内心想要变得更加优秀的强烈的渴望，以及对生命的追求的火热激情。

在时间和空间的巨大架构里，每个人的生命都是如此的渺小和短暂。

一旦认识到这一点，就会知道自己只是短暂的过客，一切都应该采取更适当的方法。你要做的，只是在这短暂的时间里，尽自己所能做得最好。

每一个小孩，都有过看见月亮离自己很近的时候，近到似乎爬上树就能够到。某一天，当他知道自己离月亮有多远的时候，就说明他真正长大了。（佚名）

>>>

生活不会辜负你的期待

总是有那么一群人，叫嚣着要为理想而努力奋斗，实则是雷声大雨点小的助威之辈；也总有那么一些人，默默地做好眼前的事情，只因他们深知远方的路需要现在的基石去铺垫。我其实是处于这两种人之间的存在物，既不愚笨，也不聪明，只是很任性而已。

>>>

亲爱的自己，
最好的生活状态莫过于，
在青春年纪傻傻地为了理想坚持过，
最后回归平淡用现实的方法让自己生活下去。
能实现梦想自然最好，
没实现也不可惜。

成长的第一步就是接受这个世界的多样性，
认识到现实的不美好，
然后还是决定要坚持最初的坚持。

你现在的生活不能给予你一种深刻的幸福感，于是你不满。你消除不满的方式是占有和消费，是对世界的某种征服。

这种征服的效果，是在欲望的伤口上撒糖，甜蜜却使伤口更加恶化和扩大。

你乐此不疲，甚至上瘾，因为你不了解自己的心、自己的处境，以及自己真正的需求。

对事情的结果太过看重，只能让你在享受的过程中始终寻找一种额外的期待。当这种期待落空的时候，你获得的是更深的不满，享受则变成了对自己的惩罚。

那些曾经带给你激情的事物换了一个心境和情境，多多少少会失效。刻意的重复并不能带来预期的激情……

有时候会觉得童年的自己，好像是生活在一个主题公园里。那里的规则清晰，建筑明朗，始终有阳光普照，不缺三餐和玩伴。什么问题都好像有很明确的答案，所以也不会有什么深刻的焦虑。

但是每个游戏都有一个终点，就像读了初中会有初中毕业，读了高中会有高考毕业，考得好去读大学，考得不好读大专。大学之后找工作，然后我们就突然身处在主题公园外面了。

这个世界和主题公园不一样。它那么广阔寂寥，又拥挤不堪。

二十五岁之后的你，正处在从未经历过的迷雾里。你用你习惯的方式对待着周围的世界，但是这个世界给你的回应和你期待的不一样。于是你失落，找不到方向。

在人生和世界的森林里迷茫，这是人生经常发生的一种常态。

这时你才会发现生活的诗意和多样性，你会停下脚步，察看周围和自己，问内心："你到底想去哪里，你到底需要什么?"

那些只听说前方有黄金矿藏然后一路狂奔不止的人们，或许也有他们的快乐。可那些停下来感受自己的存在和仰望星空的时刻，是那么珍贵。而你，恰恰正在这个时刻里。

你究竟要去哪里，由你自己决定。

或许接下来走的一路都会是迷雾，你给自己选择的方向是一个能够说服自己的理由。那必须是你自己认可的意义，你的内心要有自己的标准。

做喜欢的事情，并不代表会顺利，并且时刻有回报。不存功利心地做那些对你重要的事，它们给你的回报远远胜过功利。

对当下的自己要心怀温柔，不要苛待。放下额外的期望，耐心地看看自己需要什么。温柔开放地对待自己，你会知道自己该去哪里。

只要你仰望，就会发现每片星空都很慷慨。那颗对你而言最明亮的启明星始终不曾被迷雾遮住。那时你会想，宇宙是如此美丽，没有什么事值得你为之深深焦虑。

愿你在现时的迷雾中虽然迷茫但是可以安心、耐心，愿你以后回眸现在的时光可以微笑也可以遗忘。享受当时当下每一刻，迷惘的时刻也可以变得诗意。（沈奇岚）

>>>

所有的经历和负担，都会变成生命的礼物

最好看的衣服，没敢买；最想接近的那个人，不敢和他多说话。过分美丽的东西一旦和我发生联系，就会有过强的撞击力。潜意识里我总害怕它们会改变我生命的部分或全部，在它们面前，我总是绕道走，就像在质量过大的天体附近，连光线都要拐弯。

>>>

亲爱的自己，
岁月抗拒不了渐渐老去的节奏，
亦抵御不了蓬勃舒展的情怀。

你从起点跋涉，
逐步向终点漫溯，
自然且必然，
在一路的成长中，
匆忙而跌撞、奔波且小心、劳力又费神。
只要尽力活着就好。

若苦了，放大命运的甘甜，让前行有勇气；
若累了，回望来时的旅程，让拼搏有动力。

每当觉得生活很吃力的时候，总会鼓励自己、安慰自己，说得最多的一句话是：拜托了，你要撑下去。无数次告诉自己，撑下去，才会有后来的一切。

经历得越多，才越清楚地知道，这世上，有几样东西是别人抢不走的：饿的时候吃下去的美食，年少时被嘲笑的梦想，读过的书留在你身上的素养，奋不顾身爱一个人的那股闯劲。

为什么要那么拼？不是为了证明自己有多了不起，而是遭遇一切诱惑的时候，可以很开心地告诉自己：我已经有了。

从小到大，你的很多梦想都已经变得支离破碎、面目全非了，但这并不阻碍你拥有新的梦想，更不会阻碍你继续去做喜欢的事情。

每个人都在不断地进步，不断地修正自己的价值观。随着成长，梦想可以有很多个，它们或大或小，或可笑或高大上，更或者，有的梦想，一辈子都无法实现，但其实这些都不重要，重要的是，你在忘情追逐梦想的过程中，已经积累了宝贵的财富。

不用太在意对错，应该看重到底做没做。那个看似遥远无比的“远方”，在没启程的时候，永远只是“远方”；那个尚未实现的梦想，在没有行动之前，永远只是个梦想。去做就好了，别考虑结果，更何况，幸运的你，总能获得一些意外收获。

但凡刻骨铭心，必定伤筋动骨。这世界没有不累的生活，难免压抑，可以任性，别做傻事。只要活着，总会有转机。山水有相逢，爱恨有别离，入夜修补，黎明赶路，终究会回到有光照的路上，再获新生。

罗素说过，人生应该像条河，开头河身狭窄，夹在两岸之间，河水奔腾咆哮，流过巨石，飞下悬崖。后来河面逐渐展宽，两岸离得越来越远，河水也流得较为平缓，最后流进大海，与海水浑然一体。

这就是实实在在的生活写照。走过这段最狭窄的地方，那些你吃过的苦，做过的题，熬过的夜，准备过的项目，都会铺成一条宽阔的路，带你走到你想去的地方。

人的一生会经历很多看似无论如何也解决不了的难题，微薄的薪水，得不到的伴侣，被计划的人生，无法到达的远方，再三失败的尝试，但是坚持一件事情，并不是因为这样做了会有效果，而是坚信，这样做是对的。

每个人都会走到绝境，会一脚踩空掉进陷阱，会蹲在角落哭很久，但最终还是会因为本能，想方设法逃离现场。

曾经的你拼尽全力在路上，为了自己心中的梦想而活；曾经的你咬紧牙关勇敢坚强，为了自己所想的生活而活。

而你今天的继续远行，是为了不辜负曾经的自己，是为了做和曾经一样拼命的自己，是为了对得起曾经的那份隐忍和坚持。无论是一片坦途的光明，还是绝望寂静的黑暗，人总是不断向前走。你想到达明天，那么此刻就不要停下脚步。

别把自己的生活过得那么拧巴。

你要相信，坚持，总有一天，最初的梦想会实现。但愿你仍拥有一双渴望光亮的眼睛，自己多安慰自己，自己跟自己说说话，将来的那个你，给现在的那个你收场的时候，一定会谢谢那个你不放弃自己的夜晚。

那晚，你并不是一无所有，你还有一整个星空。（佚名）

>>>

时间带走了青春与稚气，成长就会如期而至

我年轻的时候，终日关于玩乐。等到长大了，学着小心翼翼，否则可能会摔倒，也可能让他人心碎。我会在跳跃之前张望，或者干脆不跳跃，因为没有人总是在那里接着我。生活没有安全网，生活是什么时候开始变得不好玩，并令人害怕的呢？

>>>

亲爱的自己，
总有一天，你会接受许多事。
比如接受自己的软弱、渺小，
以及一事无成。
接受被爱与被厌，
以及人生中的求而不得，
与永失所爱。

而这一切的接受却不是为了让你毁灭，
只有在自省与释然之后，
你才会真正开始变得强大与豁达。

继而学会珍惜与爱，
懂得命运却不沉溺于命运。

稚嫩的时光总会过去，孩童时，都渴望成长，在步入沧桑年轮后，却抱怨时光的飞逝，恨不得制造时光机返回过去。

年少时，你直言坦率，他们总以童言无忌来堵塞你的失言。慢慢地，每个人都在经历人生的大起大落，挫败感会逐渐腐蚀我们的内心。

因此，拥有强有力的内心，是你挑战生活的筹码。

每个人都是幸福的，总会有人在羡慕着你的生活。总会有人说你的生活真好，然而却没有人知道你内心深处承受着何等煎熬。

每一段经历，每一段感情，都在教会你成长，而你受到的伤害却是你向生活缴纳的学费。

你依旧前进着，路上的荆棘在等待着你，别害怕累，生活并不会因为你的疲倦而腾点儿时间让你歇息。

有时，你并非不想袒露心声，只是你早已习惯一切往肚里咽，然后第二天早上起来装作什么都没发生，继续强颜欢笑去面对。

你总会幻想着一些不切实际的想法，如果生于帝王家，如果含着金汤匙出生，如果能中大奖，如果能梦想成真……但遗憾的是，生活并没有如果。

其实你心里很清楚，如今所发生的一切，从某种角度来说都是拜己所赐，别抱怨生于何地，处于何境。

成长无非是你痛苦不堪，第二天还得像什么都没发生一样，继续上班、上课。

天下无不散之筵席，你该学会谁离开你的生活都不会是世界末日，谁走进你的生活你都心怀感激，最重要的莫过于学会一个人如何生活。

今日如若不走，他日必得用力奔跑。

想要坚持做一件事情就一天天地去做，不要想最后的结果如何，也不要问别人这样做有没有用。

一是其他人也不知道，就算知道也不适合你；二是并非所有事情都可以用“有用”或者“没用”来衡量的，对你有一点点的影响和改变，就足够了。

没有谁因坚持某一件事就改写了命运，生命的成长一定是聚沙成塔的。

你明知冬天的被窝是最温暖的，可时间一到，你还是得爬起来；你明知什么都不做最轻松，但你依旧要整装起航；你明知开始一段感情必经一路崎岖，但你依旧选择坚守。

你总抱怨为何要去承受，但最终发现还是得去扛，只因无人为你卸下包袱，满脸痛哭着，最后还是要继续扛下去。

其实你始终相信梦想，虽然你常说不信了；其实你始终相信爱情，虽然你常说不爱了；其实你依旧爱着生活，虽然你常说生活从未眷顾你。

没关系，待到时过境迁，你终会褪去稚嫩的容颜，换上另一件外衣，行走于大街小巷，观望过往形形色色的人，到时，只怕已不再是昔日年少无知的少年了。（阿 Joe）

>>>

与过去和解，对世界温柔

当明天变成了今天，成了昨天，最终成为记忆里不再重要的某一天，我突然发现，自己在不知不觉中被时间推着向前走。这不是身处静止火车中，与相邻列车交错时，仿佛自己在前进的错觉，而是真实的成长，在这件事里成了另一个自己。

>>>

亲爱的自己，
你会突然发现自己变成了另外一个人，
而你不再抗拒自己变了，
只是会感叹：
我终于能平静接受这些变化了。

你也不担心未来的自己是否会更糟糕，
好或不好，
不是外界的问题，
而是适应问题。

你会知道自己的适应力和愈合力
总比自己想象中的要更强。

人生就像一条大河，进入成熟期后不是波澜壮阔，应是很安静的，平稳的流动才有力。

你徒然回到曾经喜爱的地方，但却绝不可能重睹它们，因它们不是位于空间中，而是处在时间里。

生命只是一连串孤立的片刻，靠着回忆和幻想，许多意义浮现了，然后消失，消失之后又浮现。

年龄就像是试金石。人们到了一定的年龄之后，一类人变得越发有趣，一类人变得越发无聊。前者开始创造生活，后者开始被生活创造。

不幸的是，大多数人偷懒，愿意把后半生的命运交给前半生的惯性；幸运的是，一小部分人开始有能力刹住惯性，去重新定位方向。

成熟不是看你的年龄有多大，而是看你肩膀能挑起多重的责任。它有两部分，一半是对美好的追求，一半是对残缺的接纳。

当你内心可以容纳许多自己不喜欢的事物时，那叫气场。

一个人的成熟与否，不是出口成章，说出许多深刻的道理，不表现在获得了多少成就上，或者是思想境界达到什么程度，而是待人接物让人舒服，并且不卑不亢。

不是你能用很多大道理去开导别人，而是你能在多大程度上说服自己去理解身边的人和事。

以前总认为坚持会让自己变强大，但是长大后才发现，让自己强大的，是放下。你发觉可以责怪的人越来越少，人人都有各自的难处。

面对那些厌恶的人和事，不迎合也不抵触，只淡然一笑对之。你越来越懂调侃，不仅调侃世界也调侃自我。

不再固执，不再凡事刨根问底，不再得理不让人，不再企图改变他人，不再以自己认定的道德标准要求他人，学会理解最奇怪的事物，欣赏与自己距离最远的艺术风格。

真正的成熟就是，当初你很想要的东西，后来都不需要了。精致的美食不如填饱肚子的米饭，打扮光鲜让别人称赞不如穿一件保暖的大衣，拉上一车的人同行不如就那么几个陪你到最后。没有人心疼你，久了，不如自己疼自己。

内心无比强大，过去的纠结就显得无足轻重，反正一切自有最好的安排。

你越来越能接受现实，而不是越来越现实。如果你越来越冷漠，你以为你成长了，但其实没有，长大应该是变温柔，对全世界都温柔，并能慈悲，愿以善眼望世界。

成长是一种经历，成熟是一种阅历。每个人都会成长，但不是每个人都会成熟。成熟是一个很痛的词，它不一定会得到，却一定会失去。

成熟的人，不为得而狂喜，不为失而痛悲，竭心尽力之后，坦然接受而已；不因功成名就而目中无人，也不因籍籍无名而卑躬屈膝，持一颗平淡的心，懂得感恩，能够担当，淡定从容。

人总要慢慢成熟，将这个浮华的世界看得更清楚，看穿伪装的真实，看清隐匿的虚假，很多原本相信的事便不再相信。

但还是要去相信，相信美好，相信良善，相信最末的青春还在自己手上。相信这个世界里美好总要多过阴暗，欢乐总要多过苦难，还有很多事，值得你一如既往地相信。（佚名）

版权声明

这是一本励志美文集。全书共56篇有情有趣、有爱有生活的文章，给所有在房子上、工作上、生活上、爱情上有丁点儿不顺利就焦虑的人。告诉你如何摆脱内心的“贫”与“困”，如何在孤独与迷茫中找到方向、找回自己，用温暖真挚的语言安慰你、治愈你。生活有压抑和挣扎，别怕，不妨听从内心的声音，勇敢走自己的路，总有一天，你会闯出来。

图书在版编目(CIP)数据

愿你被自己所爱，被岁月厚待 / 沈诺夕主编. —北京：化学工业出版社，2017.11

ISBN 978-7-122-30774-3

Ⅰ. ①愿… Ⅱ. ①沈… Ⅲ. ①散文集-中国-当代 Ⅳ. ①I267

中国版本图书馆CIP数据核字(2017)第250698号

责任编辑：张　曼　梁　虹　　装帧设计：悦风书衣

责任校对：宋　夏

出版发行：化学工业出版社(北京市东城区青年湖南街13号　邮政编码100011)

印　　装：北京新华印刷有限公司

787mm×1092mm　1/32　印张8½　字数150千字　2018年1月北京第1版第1次印刷

购书咨询：010-64518888（传真：010-64519686）　售后服务：010-64518899

网　　址：http://www.cip.com.cn

凡购买本书，如有缺损质量问题，本社销售中心负责调换。

定　　价：32.80元